Dunkle Zeiten

Ein Roman von
Lukas Saller

Verlag: BoD · Books on Demand GmbH, In de Tarpen 42,
22848 Norderstedt, bod@bod.de
Druck: Libri Plureos GmbH, Friedensallee 273,
22763 Hamburg
ISBN: 978-3-7693-2704-5

Kapitel 1
Elias

Das Jahr 2015, Elias macht sich fertig für die Schule, er geht in das Badezimmer um sich seine Zähne zu putzen, sein Gesicht und seinen Körper. Im Spiegel zeigte sich keinerlei vor Freude in seinem Gesicht (Wer hat in diesem Alter schon Lust auf Schule?) Er geht zurück in sein Zimmer, zieht sich eine alte schwarze Jeans, ein graues T-Shirt, ein Paar Socken und eine schwarze Jacke an, seine Schultasche liegt unverändert in der Ecke in die er sie am Vortag hingeschmissen hatte. Elias benötigt frühs immer seine Ruhe und geht Gesprächen aus dem Weg (zum Glück ist niemand mehr Zuhause) dachte er sich.

Auf das Frühstück verzichtete er, oft hat er um diese Uhrzeit noch keinen Hunger, er steckte sich seine Kopfhörer in die Ohren und hört Musik, sein Musikgeschmack war ganz unterschiedlich, es kam immer ganz auf seine Laune an (amerikanischer Hiphop, Rap oder auch Heavy Metal). Elias zog sich seine Turnschuhe an und machte sich auf den Weg, er schloss die Wohnungstür hinter sich zu.

Auf dem Weg zum Bus war meistens keine Menschenseele in seiner Nähe, bis er an der Bushaltestelle ankam, er war der älteste und natürlich nervten die jüngeren Kinder aber Elias interessiert es nicht, immerhin hatte er Musik gehört. Der Bus kam und Elias Haltestelle war immer die letzte und somit war der Bus gefüllt von nervigen Kindern, er hoffte immer darauf dass der Busfahrer eine andere Route fahren würde und vorher seinen besten Freund mitnehmen würde, aber heute musste er ohne seinen besten Freund im Bus auskommen. Angekommen an der Schule stiegen die Schüler aus, der Bus kam immer gerade rechtzeitig vor Schulbeginn an der Schule an, meistens um 07:55 Uhr.

Sein bester Freund Lars wartet immer vor dem Schulhaus auf ihn, sobald sie sich sahen stieg die Freude und beiden kam ein Lächeln in ihre Gesichter ohne einander ging es einfach nicht. Sie begrüßten sich mit einem Lauten „HEY" und klatschten sich in die Hände.

Elias und Lars kennen sich schon seit dem Kindergarten und waren auch in der Grundschule in einer Klasse aber während dieser Zeit haben sie sich nicht wirklich wahrgenommen, die Wendung ab der 5ten Klasse ab da waren sie unzertrennlich, saßen in jedem Unterricht nebeneinander und machten immer zusammen Unsinn.

Jeder von Ihnen hatte individuelle Stärken, Lars war immer richtig gut in Mathematik und hatte Elias immer geholfen, Elias hingegen war immer besser in Deutsch und Englisch und half somit Lars, es war immer ein geben und nehmen.

Nun also ging es in den Unterricht Elias und Lars waren wie immer die letzten aber zum Glück konnten sie immer den Bus als Ausrede nehmen somit sie keinen Ärger bekamen, zu ihrem Glück mussten sie auch erst durch das ganze Schulgelände laufen um am Klassenzimmer anzukommen. Die Klasse war gespickt von den typischen Leuten, es gab die Streber, die Looser, die die einem gar nicht aufgefallen sind, die hübschen (einzelnen) Mädchen und dann waren wir Elias und

Lars, gefühlt das Oberhaupt der Klasse eine Mischung zwischen den lustigen aber auch ernsthaften. Lars war immer etwas zurückhaltender als Elias obwohl er viel Größer und Kräftiger war, Elias war immer der kleinste von den Jungs aber das störte ihn nicht. (Natürlich störte ihn das) dachte er sich.

Elias und Lars saßen direkt vor dem Lehrerpult (Ironie? Oder Taktisch Klever?) die zwei Jungs die am meisten Unsinn machen sitzen genau vor der Lehrerin, sie nahmen es nicht als Strafe sondern sahen es als eine Möglichkeit, zum einen um Unsinn machen zu können aber auch um im Unterricht trotzdem alles mitzubekommen und es machte natürlich immer einen guten Eindruck bei ihrer Lehrerin wenn sie immer ganz aufmerksam waren und ihr helfen konnten.

Die beiden wussten natürlich auch wie weit sie bei welchem Lehrer gehen können, sie wussten auch genau bei wem sie sich dümmlicher stellen oder Engagement zeigen mussten. Sie haben sich ihre Schulzeit zu einer ihrer besten Zeiten gemacht.

Die Unterrichtsstunden gingen so dahin und es stand für sie die lange Mittagspause an, diese gestalteten sie immer sehr unterschiedlich, wenn das Wetter gut war, sind sie auf den Sportplatz und haben Fußball gespielt, wenn sie einen regnerischen Tag erwischten waren sie gerne im „Spielraum" dort gab es eine Tischtennisplatte, einen Billiard Tisch, Kicker und alles was man sich erträumt hatte. Die beiden waren natürlich auch in einem Alter in dem Frauen auch interessanter wurden, Elias hatte bereits das Glück in der 5ten Klasse seine erste „Beziehung" haben zu können, mit einem Mädchen aus seiner Klasse, Viktoria war ihr Name sie hatte Blondes Haar und war das wohl hübscheste Mädchen in der Klasse, für die beiden war das etwas neues und etwas neues kann auch immer etwas Unangenehm sein, so zeigten sie ihre Verliebtheit nicht in der Öffentlichkeit, meistens in der langen Mittagspause verabredeten sie sich hinter dem Sportplatz um sich dort mal zu Küssen. (Ach ist die erste Erfahrung in der Liebe nicht immer etwas tolles).

BULLSHIT!!! Elias wusste gar nicht in dem Alter wie man mit Liebe verantwortungsvoll umgeht aber welcher 12 Jährige weiß das schon?

Dennoch waren seine Gefühle für Viktoria echt und in ihrer Nähe empfand er es ganz besonders, dennoch wie es ist im Jugendalter, spielen die Freunde eine große Rolle, Elias seine Freunde hatten sich zu diesem Zeitpunkt noch nicht einmal mit Mädchen beschäftigt und zogen seine Beziehung ins Lächerliche, getrieben von Worten seiner „Freunde" trennte er sich von Viktoria, es dauerte nicht lange bis er dies bereute und nach all der Zeit bis heute bereut es immer noch, er sieht seine Geliebte jeden Tag auf ein neues in der Klasse aber weiß genau, er hat es verbockt.

In der langen Mittagspause gab es auch immer ein Mittagessen, dafür mussten sie in die Schulmensa gehen. Elias und Lars nutzen jede Möglichkeit um den Küchendienst übernehmen zu können, sie kamen dadurch eher aus dem Unterricht und meistens haben sie zum Schluss immer mehr essen bekommen als die anderen. Die Frau die bei der Essensausgabe dabei war, wurde von den beiden auch schon immer mit Vornamen

angesprochen, sie waren die einzigen die sie „Petra"
nennen durften, auch bei ihr wussten sie ihren Charme
auszuspielen und ihr schöne Augen zu machen, wobei
sie Petra wirklich gerne mochten.

Nach der Pause ging es nochmals fürs zwei weitere
Schulstunden in den Unterricht, diese waren meistens
immer sehr gelassen und kaum anstrengend, oftmals
wurden Filme geschaut oder es waren Fächer wie Sport
oder Religion in denen Elias sehr gut war.

15:30 Uhr Die Schulglocke läutet und die Schule ist
vorbei, gelassen liefen sie durch das fast leere
Schulgebäude zu ihren Bussen. Elias verabschiedete sich
von seinen Freunden und immer ganz besonders von
Lars die schon fast brüderlich wirkten obwohl sie
überhaupt nicht wie Brüder aussahen, Elias setzte sich
seine Kopfhörer auf, stieg in den Bus sagte dem Fahrer
wohin er müsse und setzte sich. Elias war meistens
immer der erste der nach Hause gefahren wurde. An der
Bushaltestelle angekommen stieg er aus und lief die
Straße entlang zu seiner Wohnung, ihm kamen die
nervigen Kinder entgegen die schon früher Schule aus
hatten als er aber ignorierte sie, für ihn gab es nur ein
Ziel nach Hause.

Er kam am Haus an öffnete die Haustür und lief die
Treppen bis in den zweiten Stock hoch, seine Mutter war
bereits zuhause und kümmerte sich um den Haushalt und
das Abendessen, Elias begrüßte seine Mutter mit einem
stumpfen „Hallo" seine Mutter fragte ihn „Wie war der
Schultag Elias?" Elias antwortete „Scheiße wie Immer".
Elias sprach kaum über das was in der Schule passierte,
nicht einmal die lustigsten Sachen verriet er seiner

Mutter, er zog sich in sein Zimmer zurück, die Schultasche warf er wie immer in die gleiche Ecke an dem er sie am nächsten Morgen aufheben würde. Elias beschäftigte sich Zuhause ganz selten mit der Schule eigentlich so gut wie gar nicht, er setzte sich lieber an seine Konsole und versank in seiner „Zockerwelt".
Seine Mutter rief ihn „Elias das Essen ist fertig, kommst du bitte nach vorne!", Elias gab keine Antwort weil er genau wusste das seine Mutter ihn sowieso nicht hören würde, er ging vor in das Esszimmer.

Kapitel 2
Vergangenheit

Elias und seine Mutter saßen immer zusammen beim Abendessen, sie fragte ihn nochmals „wie war dein Schultag?" und Elias antworte „Es war in Ordnung", wenn es etwas gab worüber Elias sprechen wollen würde dann machte er es auch meist, seine Mutter war eine so tolle Frau, sie machte für ihre Kinder alles was in ihrer Macht steht.
Elias fragte seine Mutter „kommt Fabian heute nach Hause?" (Fabian war Elias vier Jahre älterer Bruder), seine Mutter antwortete
„Nein er bleibt wie immer bei seiner Freundin".
Fabian hatte bereits seit mehreren Monaten eine Freundin, Elias und seine Mutter konnten sie nicht besonders leiden. So waren die beiden die meiste Zeit immer die einzigen beim gemeinsamen Abendessen. Die Eltern von Elias haben sich scheiden lassen da war er 11

Jahre alt. Elias erinnerte sich ungern an die Vergangenheit aber die Vergangenheit kann man nicht so leicht ausblenden…

Sein Vater war starker Alkoholiker und es war keineswegs leicht zuhause, meist sah Elias seinen Vater schon frühs mit einer Bierflasche in der Hand (aber im Kindesalter denkt man sich nichts dabei) seine Mutter hatte seinen Vater deswegen jeden Morgen auf die Arbeit gefahren bevor sie selber auf die Arbeit ging, Elias und Fabian mussten sich selber morgens versorgen und gingen zusammen zur Schule.

Abends musste seine Mutter seinen Vater natürlich wieder von der Arbeit holen, meist noch betrunkener und Zuhause ginge das Gestreite auf ein neues immer wieder los, es wurde geschrien, Beleidigungen wurden durch die ganze Wohnung gebrüllt, Elias und Fabian flüchteten vor Angst in ihre Zimmer und versuchten sich abzulenken, aber dies geling nur schwer mit so einem angsteinflößenden Geschrei. Elias Mutter kam oft nach einem Streit zu ihm „weinend" und versuchte Schutz bei ihrem kleinen Sohn zu suchen, sie schlief regelmäßig bei Elias weil sie mit ihrem „Mann" nicht mehr im selben Bett schlafen wollte, (verständlich, wer möchte schon neben einem betrunkenen Mann schlafen der einen auf das tiefste beleidigt).

Gewalt war auch nichts neues, oft wenn Elias Vater in seinem Wahn war und sich gar nicht mehr kontrollieren konnte wurde er Handgreiflich, auch Gegenstände die ihm in die Hand kamen nutze er um seine Wut herauszulassen. Jeden Tag war es ein Horror Szenario für Elias der schon von klein auf unter Angst gegenüber seinem Vater leben musste, er traute sich nicht mal Abends in seine Nähe auch wenn sein Vater einen „normalen" Eindruck darstellte.

Die Wochenenden waren immer die gleichen, Elias Mutter musste Samstags immer arbeiten damit sie genügend Geld zum Leben hatten, Elias war mit seinem Bruder und seinem Vater alleine. Es dauerte Samstags immer lange bis sein Vater von seinem Rausch aufgewacht war, das Schnarchen hörte man durch die ganze Wohnung.

Elias verbrachte den Tag bei schönem Wetter gerne draußen fuhr Fahrrad oder spielte mit den Nachbarskindern, an regnerischen Tagen spielte er gerne in seinem Zimmer oder sah Fernsehen. Sein Vater konnte wenn er nüchtern war ein wirklich guter Papa sein aber dies geschah leider zu selten…

Samstag lief um 15:30 Uhr Fußball, die drei „Männer" saßen immer zusammen und schauten zusammen die Fußball Konferenz, naja bis zu dem Zeitpunkt als Elias Vater eingeschlafen war weil er wieder zu viel Bier getrunken hatte, er schaute dann quasi nur noch alleine mit seinem Bruder, sie liebten Fußball.

Die Jahre der Ehe von Elias Eltern strichen so dahin, irgendwann von Gewohnheit geprägt und zu wissen was jeden Abend auf ein neues geschieht (Traurig das ein kleiner Junge sich an ein Horror Szenario) zuhause gewöhnt hatte.

Elias Mutter litt am meisten unter den Bedingungen denen sie Zuhause ausgesetzt war, sie überlegte „kann ich meinen Kindern ihren Vater nehmen?"

Kinder brauchen ihren Vater, aber brauchen Kinder so einen Vater?

Der Tag kam an dem Elias Mutter sich ihrer größten Angst stellte, sie trennte sich von ihrem Mann, die Trennung trieb Elias Vater noch mehr in die Alkoholsucht, er sah seinen Vater nur noch alkoholisiert, sein Vater lebte nach der Trennung noch einige Wochen bei ihnen bis er eine neue Unterkunft finden konnte, die Umstände Zuhause waren Katastrophal, die Familie war zerstört, sein Vater sperrte sich teilweise über mehrere Tage hinweg in sein Schlafzimmer ein, er kam meist erst heraus wenn sein Alkoholvorrat aufgebraucht war und um sich neuen Alkohol zu besorgen. Dies führte zu diesem einen Tag den Elias niemals vergessen würde, es war ein Samstagmorgen im Juni, Elias Mutter war auf der Arbeit, die beiden Brüder und ihr Vater waren alleine Zuhause, Elias hörte wie sein Vater aus dem Schlafzimmer nach ihm rief „ELIAAAAAS", Elias hörte das schreien seines Vaters bis in sein Zimmer, er zögerte nicht lange, er öffnete seine Zimmertür, er rannte den Flur entlang und ging zu der Treppe die in das Schlafzimmer führte, er rannte die Treppe hoch, mit einem Schritt nahm Elias jeweils zwei Treppenstufen, oben angekommen war er leicht aus der Puste. Die Schlafzimmertür seines Vaters war einen kleinen Spalt geöffnet, er ging vorsichtig hinein, sein Vater sah ihn und packte ihn grob und er setzte Elias auf das Bett seiner Eltern und er sperrte die Schlafzimmertür zu. Elias stand auf einmal unter Schock und hatte unfassbare Angst, er saß auf dem Bett und weinte so sehr als würde ein Wasserfall aus seinen Augen fließen, er fühlte sich so hilflos und hatte eine Angst die er zuvor noch nie spürte. Sein Vater war wütend, voller Hass und Zorn, so hatte er ihn noch nie gesehen. Er sprach Beleidigungen gegenüber Elias Mutter aus und einen Satz sagte sein Vater immer wieder „Sie wird mir meine Kinder nicht nehmen". Elias wurde Panisch, er erhob sich von dem Bett und rannte zu der abgeschlossenen Schlafzimmertür, er schrie nach Hilfe und hämmerte mit seiner ganzen Kraft die er hatte gegen die Tür, im Hintergrund war Elias Vater mit etwas anderem beschäftigt. Elias drehte sich zu seinem Vater um und flehte ihn unter Tränen an,

„Bitte lass mich raus Papa".

Sein Vater beachtete den kleinen Elias überhaupt nicht, er nahm ein altes Stromkabel und wickelte es zu einem Strick, er befestigte es an der Decke mit einer Halterung, Elias schreien nach Hilfe wurde immer lauter und das hämmern gegen die Schlafzimmertür wurde immer und immer kräftiger, aber es gab für Elias kein Entkommen. Da saß Elias am Boden angelehnt mit dem Rücken zur Tür und er sah seinen Vater an, der seinen Kopf durch die Schlinge zog. Elias Vater war bereit sich sein Leben zu nehmen und das vor den Augen seines jüngsten Sohnes. Elias hörte von der anderen Seite der Schlafzimmertür seinen großen Bruder Fabian, Elias schrie „Bitte hilf mir Papa hat mich eingesperrt", Fabian nahm seine ganze Kraft auf und schaffte es das Türschloss so zu beschädigen das der Weg frei war, Fabian packte seinen kleinen Bruder und rannte mit ihm herunter und sie sperrten sich in Fabians Zimmer. Fabian rief sofort mit seinem Handy ihre Mutter an und berichtete was Zuhause geschehen war. Sie zögerte keine Sekunde und machte sich auf den Weg zu ihren Kindern.

In der Zwischenzeit versuchte Fabian seinen kleinen Bruder zu beruhigen, aber Elias lag nur in Fabians Bett und weinte, nervlich am Ende und verstört für sein restliches Leben.

Ihre Mutter kam Zuhause an und schaute als ersten nach ihren Söhnen, sie klopfte an die Tür von Fabians Zimmer und sagte, „Bitte mach die Tür auf, hier ist Mama".

Fabian öffnete die Tür und ihrer Mutter kamen die Tränen als sie Elias sah, der immer noch im Bett lag und weinte, sie fragte ihn „Was ist passiert?", aber von Elias kam keine Antwort, sie drehte sich zu Fabian um „Was ist passiert?", Fabian erzählte seiner Mutter,

„Ich habe Elias schreien hören, er war in Papas Schlafzimmer, die Tür war abgeschlossen, ich konnte die Tür mit Gewalt aufbekommen, da sah ich Papa, er stand auf dem Bett und sein Kopf war in einer Schlinge".

Ihre Mutter sagte keinen Ton nachdem was ihr Fabian erzählt hatte, langsam ging sie aus dem Kinderzimmer und ging zu der Treppe die zum Schlafzimmer führte, vorsichtig ging sie Treppe hinauf, mit der rechten Hand hielt sie sich am Geländer fest. Sie sah die kaputte Tür, ganz langsam blickte sie in das Schlafzimmer und sah das ihr Ex-Mann im Bett lag und schlief, das Stromkabel das er als Strick nehmen wollte hing an der Decke baumelnd herunter.

Elias konnte sich nicht daran erinnern was geschah, er wusste nur das seine Mutter darauf bestand das ihr Ex-

Mann umso schneller eine neue Unterkunft suchen sollte.

Elias Vater musste sich schnell eine neue Unterkunft suchen, aus Eigenschutz drohte sie mit der Polizei und das zeigte Wirkung. Elias Vater verließ die Wohnung (Ob er jemals wieder dort Wohnen würde?).

Die Scheidung ist für einen 11 Jährigen nichts leichtes auch wenn man weiß wie scheußlich der eigene Vater ist trotzdem ist es ja sein Vater. In der Anfangszeit besuchten Elias und Fabian noch regelmäßig ihren Vater an den Wochenenden, aber diese Wochenenden waren nie schön, der Alkoholkonsum ist durch die Trennung noch viel schlimmer geworden…

Die Kinder bitten das ihr Vater eine Therapie machen soll aus Liebe zu seinen Kindern, dies schien Wirkung zu zeigen, Elias Vater ging fort, fast 5 Monate hatten sie keinen Kontakt zu ihrem Vater, als er zurückkam war er trockener Alkoholiker, eine Rückkehr zurück zu Elias Mutter gab es nicht.

Kapitel 3
Träume

Elias ist die meiste Zeit für sich, er spricht ungern über seine Gefühle, diese Frage „wie kann ich all dem entkommen" stellte er sich oft. Die Nächte waren nicht einfach für ihn, Er lag oft lange wach bis er überhaupt erst in den Schlaf gefunden hatte, geplagt von so vielen Gedanken. (Wieso ist das Leben für einen Jugendlichen so schwer?) Seine Schlafprobleme waren die Folge seiner Vergangenheit aber auch die Zukunft beschäftigte ihn sehr, so viele Fragen auf die er keine Antwort kannte, immerhin würde das Leben erst noch richtig beginnen, ist es Ok soweit zu denken oder solle man im Hier und Jetzt leben und wie könnte er seine Gegenwart gestalten das er alles richtig machen würde? So viele Fragen und er kann sie nicht beantworten… Elias leidet unter Depressionen auch wenn er es selber nicht weiß, er fühlt sich so alleine, er hatte zwar seine Freunde in der Schule aber die sah er privat fast nie, er hatte eine „kaputte Familie?", aber was er hatte war eine so fürsorgliche und tolle Mutter, er würde für sie alles tun, sie niemals verletzen, sie niemals enttäuschen und im Gegenzug kommt die nächste Frage „Bin ich gut zu meiner Mutter? Mache ich sie Stolz?".

Eines war Elias bewusst er möchte niemals so werden wie sein Vater!

Geplagt von Alpträumen wacht Elias regelmäßig auf, er sieht Sachen die ein Jugendlicher niemals sehen sollte. Ein immer wiederkehrender Traum ist, dass er wie in einer endlosen Spirale feststeckt und eine Gestalt ihn jagt, aber was war diese Gestalt? Er konnte es nie wirklich sehen, vielleicht war es keine Gestalt sondern nur seine Angst die ihn treibt, die Wege scheinen endlos, Elias fühlt sich wie in einem Irrgarten aus dem es kein Entkommen gibt, das Ende vom Traum war jedes Mal das gleiche er stand plötzlich vor einem Abhang um ihn herum nur Dunkelheit und er spürte im Nacken wie diese Gestalt immer näher auf ihn zu kommt, seine letzte Möglichkeit, er springt den Abhang hinunter. Er wacht schweißgebadet auf und von Angst umklammert, er würde schreien wenn er könnte aber jegliche Kraft zum Schreien fehlt ihm, er ist den Tränen nahe und dann diese Frage :

„Ist der Tod der Ausweg vor meiner Angst?".

Elias hatte als Kind auch schon Probleme mit dem Schlafen, er hatte früher gerne mit offener Tür geschlafen und einem leichten Licht im Flur, aber für ihn war das doch mehr Horror als beruhigend, immer wenn er zu dem Türspalt hinübersah, sah er eine Gestalt und er dachte diese Gestalt grinse ihn an, er hatte so unfassbare Angst, wie kann ein kleiner Junge so schlimme Sachen sehen? Ein Kind sollte doch schöne Sachen sehen, die einen glücklich machen, aber nicht Elias, er sah immer grausame Sachen.

Im Jugendalter träumte er zwar häufig schlecht aber er war über jede Nacht dankbar an der kein Traum kam, für Elias war die Dunkelheit ein Fluch und ein Segen zu gleich (Ironie?).

Elias war von Angst umgeben, egal ob es die Schule war oder andere Sachen die einen Jungen in diesem Alter beschäftigen, wie z.B. Frauen.

Selten hatte Elias auch mal das Glück etwas schönes zu Träumen, sein Interesse an Frauen war groß und er achtete auf einmal bei Frauen auf die Augen und ihr Lächeln und natürlich entgingen ihm nicht Brüste und knackige Hintern, er stellte fest das er es gerne mochte wenn Frauen gut riechen, sowas kann in einem jungen Mann auch schnell schöne Gefühle auslösen.

In seinen Träumen kam es dazu das er mit einer Frau Sex hatte, dabei war er noch Jungfrau und wusste gar nicht wie das so richtig funktionieren würde, eine weitere Angst „Kann man beim Sex etwas falsch machen?". Bei der Frau die er in seinen Träumen sah, sah er nie ein klares Gesicht, vielleicht war es ein tolles Mädchen aus der Schule oder eine Frau die er aus dem Fernsehen gesehen hatte und besonders attraktiv fand. Die Neugierde nach dem tollen Erlebnis „Sex" war spannend für Elias aber auch nicht zwingend für ihn, er möchte dafür auch erst eine tolle Frau kennenlernen und sie lieben bis es zum Sex kommen sollte, auch dies ist ein Geheimnis das er für sich behielt, seine Freunde hatten darüber noch kein Wort verloren deshalb tut es Elias auch nicht, wiederum stellte er sich die Frage „Vielleicht geht es manchen Jungs auch wie ihm und sie trauen sich nicht es anzusprechen".

SO VIELE FRAGEN UND KEINE ANTWORTEN Komischerweise hatte Elias nie Tagträume, er schwebte manchmal zwar gerne in seiner eigenen Welt und es ging alles an ihm vorbei aber er sah schlechte Dinge immer nur in der Nacht, die Dunkelheit ist ein Fluch und ein Segen für Elias. (Ironie oder Schicksal?)

Kapitel 4
Brüder

Elias und sein großer Bruder Fabian sahen sich nicht mehr regelmäßig, auch das machte Elias besonders traurig, obwohl sie sich oft stritten und es immer Machtkämpfe zuhause gab, liebte er seinen Bruder und vermisste ihn. Fabian war bereits fertig mit der Schule und machte eine Ausbildung, er verdiente gutes Geld in seiner Ausbildung und war sehr glücklich mit seiner Arbeit, er fuhr Motorrad und hatte auch schon ein eigenes Auto das er sich alles von seinem Gehalt kaufen konnte. Er verbachte die meiste Zeit nur noch bei seiner doofen Freundin (Christine). Elias konnte seine Freundin überhaupt nicht leiden immerhin war sie der Grund warum er seinen Bruder nicht mehr regelmäßig sehen konnte und besonders hübsch findet er sie auch nicht. Es kam selten vor das Fabian für einige Tage nach Hause kam und wenn er Zuhause war, hatte er nicht viel Interesse daran etwas mit Elias zu unternehmen, (Dabei wollte Elias immer so gerne mit seinem Vorbild Zeit verbringen). Natürlich schaute Elias auf seinen Bruder auf, nicht nur weil er größer war als er, sondern auch deswegen was er bereits erreicht hatte, Fabian war erwachsen und das faszinierte Elias, ihm kam es vor als wäre es gestern gewesen als sie 6 und 10 Jahre alt waren und so manchen Unfug anstellten.

Es gab zwei Sachen für die sie sich beide sehr begeisterten und dadurch ab und zu mal auf einen Nenner gekommen waren, sie zockten gerne oder fuhren zusammen mit einem alten Moped von ihren Eltern durch den Wald. Die Sonne scheint es hat schöne 26 Grad draußen und die beiden hatten Lust herumzufahren, sie holten die alte Simson aus dem Schuppen, sie war grün und sah fast wie neu aus, aber das war sie natürlich nicht, Fabian musste oft an ihr herum schrauben, der Anlasser funktionierte auch nicht mehr richtig was für die beiden bedeutete die Maschine so schnell es ging anzuschieben, die beiden waren richtig schnell, in der

Schule konnte den beiden nie einer das Wasser reichen, sie schoben und Fabian sprang auf die Simson auf und drehte den Anlasser, sie ging an und man hörte das schöne Geräusch der Simson, Fabian drehte um und holte Elias ab der natürlich nicht mehr hinterher kam als die Maschine startete, Elias sprang auf und die beiden fuhren wie wild los, er hielt sich ganz fest an Fabian und dann spürte man nur noch den leichten kühlen Wind (So müsste sich Freiheit anfühlen). Sie fuhren die Straße auf und ab und am coolsten war es wenn sie in den Wald fuhren, die Straße wenn man es denn überhaupt Straße nennen konnte es war viel mehr ein Feldweg, der so steinig und hubbelig war das sie immer wieder auf und ab stiegen bei der Fahrt. Sie fuhren immer ohne jegliche Schutzkleidung, Helme hatten sie ohne hin nie auf, den beiden ist nie etwas passiert, Fabian war ein ausgezeichneter Fahrer und Elias fühlte sich immer sicher bei ihm.

Elias und Fabian waren in ihrem Ort dafür bekannt Blödsinn anzurichten, besonders die Sommerferien waren immer sehr „Aufregend". Ihr Vermieter der unter Ihnen wohnte konnten sie nie leiden, er war ein „Trottel" dachten sich Elias und Fabian. Es verging kaum ein Tag ohne das am Abend die Haustür klingelte und er sich bei ihrer Mutter beschwerte was denn die zwei „Bengel" wieder angerichtet hatten. Die beiden wussten natürlich genau was sie verbrochen hatten, sie logen wie gedruckt und lachten sich hinterrücks ins Fäustchen.

So oft die beiden auch zusammen hielten, genauso oft stritten sie meistens über Kleinigkeiten aber für die beiden war es als würde es einen Krieg geben, körperlich war Elias klar unterlegen, immerhin war Fabian 4 Jahre älter und mindestens zwei Köpfe größer als er.

Elias scheute niemals gegenüber seinem großen Bruder seine Kraft zu zeigen und wehrte sich so gut er konnte. Eine Entschuldigung untereinander gab es nie, irgendwann war es einfach vorbei wenn man genügend Zeit verweilen lässt.

(Ich glaube das ist normal zwischen Brüdern).

Meistens glaubte es den beiden auch niemand wenn sie sagten sie wären Brüder, sie sahen sich nicht ähnlich, Fabian der im Erwachsenenalter der Größte der Familie war mit blonden Haaren wie ihre Mutter, war Elias natürlich der kleinste und hatte braune Haare wie ihr Vater.

(Ironie oder Schicksal)

Wiederum hatte Fabian mehr charakterliche Züge von ihrem Vater und andersrum Elias mehr charakterliche Züge von seiner Mutter, „es ist interessant wie die Natur ihren eigenen Gesetzte machte".

Elias und Fabian hatten eine große Leidenschaft und zwar war es die Hingabe zum Sport und ganz besonders zum Fußball, beide spielten in einer Fußballmannschaft.

Sie waren begnadete Fußballer und hatten ein großes Talent, Elias fing mit 3 Jahren im Stadtverein an, er war der jüngste und der kleinste die anderen waren meist schon 5 oder 6 Jahre alt, das Trikot ging ihm bis zu den Knien runter es sah aus wie ein Kleid, das störte ihn aber keinesfalls wenn Elias am Ball war konnte ihn keiner stoppen, er dribbelte durch alle anderen Spieler hindurch und schoss so viele Tore. Fabian der schon in einer richtigen Jugend Mannschaft spielte und der Trainer ihr Vater war, spielte er so unglaublich guten Fußball er war der beste in seiner Mannschaft und er schoss so viele Tore, am Ende der Saison wurden sie Meister in ihrer Liga. (Ihr Vater war immer stolzer auf Fabian als auf Elias) Fabian war tatsächlich der Lieblingssohn von ihrem Vater, Elias wurde nie wirklich von ihm beachtet. (Traurig), dennoch gab es da einen Menschen in Elias Leben der ihn immer von ganzen Herzen liebte und das war seine Mutter. Elias und seine Mutter hatten eine unheimlich enge Bindung, sie waren glücklich darüber sich zu haben.

Kapitel 5
Mama

Elias Mutter ist vierzig Jahre alt, aber ihr Alter sieht man ihr nicht an sie ist wunderschön, sie hat blondes langes Haar, braune Augen, sie ist sehr zierlich und klein, umso größer ist ihr Herz und die Liebe die sie für ihre Kinder hat. Eigene Bedürfnisse stellt sie in den Hintergrund nur um das Bestmögliche für ihre Kinder ermöglichen zu können.

Sie wuchs in einem kleinen Ort auf mit ihren Eltern und ihrer kleinen Schwester, sie waren ganz bescheidene Leute, ihr Vater arbeitete in einer Baufirma und ihre Mutter in einer Fabrik die Schokolade herstellte. Sie und ihre Schwester verstehen sich nicht gut, sie sind mehr als unterschiedlich und sehen sich gar nicht ähnlich zudem haben sie einen Altersunterschied von sieben Jahren. Das Verhältnis zu ihrer Mutter ist auch sehr angespannt, das lag daran das ihre Mutter auch nicht die beste war, sie war kaum Zuhause und sorgte sich nur mäßig um ihre zwei Töchter. Sie gingen sich aus dem Weg so gut es ging. Elias Mutter hatte eine enge und schöne Bindung zu ihrem Vater, ihr Vater war alles für sie und anders herum war seine große Tochter alles für ihn, er versuchte seiner kleinen Prinzessin alles zu ermöglichen was sie sich wünschte. Nach der Schule war für sie der erste Weg nicht der nach Hause sondern auf eine Baustelle auf der ihr Vater gearbeitet hat, manchmal saß sie auch einfach auf der Haustreppe und wartete auf ihren Vater bevor sie die Wohnung betritt.

Ihr Vater war bemüht sich und seiner Familie das beste Leben zu ermöglichen, er arbeitete viel und war damit beschäftigt ein Eigenheim für sie zu bauen. Sie hatten nicht viel Zeit zusammen da er so viel arbeitete aber die Zeit die sie zusammen hatten war die schönste für beide. Ihre Mutter wie man meinte, würde noch mit ihrem Mann zusammenleben weil sie ein sorgenfreies Leben hatte, ihre Mutter hatte viel Zeit für sich und wenig mit ihrem Mann was sie zu dem Entschluss brachte sich hin und wieder mit anderen Männern zu vergnügen, natürlich wussten die Kinder und ihr Mann nichts davon (Wie es wohl sein muss seine ganze Familie zu hintergehen?) Ihr Mann und ihre Kinder bekamen davon nichts mit, was veranlasst diese Frau so etwas zu tun, sie könnte alles verlieren was sie hatte auch wenn ihr Mann viel arbeitete, tat er es doch nur für seine Familie.

Einige Jahre später als Elias Mutter bereits erwachsen war verließ sie ihre Familie und ließ sie in ihrem Haus zurück was ihr Vater fertiggestellt hatte, aber ihr Weg führte sie weiter, sie wollte arbeiten und zog in eine größere Stadt. Für sie war es am schwersten ihren Vater zurückzulassen.

Ihre Arbeit machte sie dennoch nicht glücklich und sie kam zurück, in ihrem Wohnort lernte sie ihren zukünftigen Mann kennen, sie waren zuerst nur Freunde oder Bekannte, er ist 8 Jahre älter als sie aber das störte sie nicht (Alter ist doch nur eine Zahl). Sie kannten sich über Freunde, Elias Vater hatte zu dem Zeitpunkt bereits zwei kleine Kinder mit einer anderen Frau, eine Tochter und einen jüngeren Sohn. Ihre Beziehung wurde von der Gesellschaft nicht gerne gesehen, ihre Eltern konnten ihn nicht leiden „Hätte sie vielleicht doch auf ihren Vater gehört", die Meinung ihrer Mutter war ihr egal, aber nicht die ihres Vaters. Um all dem zu entgehen entschlossen sich die beiden abzuhauen, einen Neuanfang zu riskieren, sie zogen in ein anderes Bundesland, dorthin wo sie keiner kannte und alles hinter sich lassen zu können, (war das für beide das richtige?). Elias Mutter hatte sich dazu drängen lassen, sie hätte am liebsten nie wieder ihren Vater verlassen wollen, getrieben aus „Liebe" oder war es vielleicht doch „Angst?". Sie lebten ruhig und wünschten sich ein gemeinsames Kind, sie wurde schwanger mit Fabian. Die Geburt von Fabian stellte sich als sehr schwierig heraus, es gab Komplikationen, Fabian erlitt an der Krankheit „Gastroschisis" er hatte eine Bauchspalte und sein Darm hing aus seinem noch ungeborenen Körper.

Elias Mutter musste schnellstmöglich in eine Spezielle Klinik, sie brachten Fabian mit einem Not Kaiserschnitt auf die Welt. Elias Eltern waren im Unwissen ob er die Geburt überlebt hatte, sie behandelten ihn in einem anderen Zimmer und mussten ihn reanimieren. Fabian überlebte seine Geburt, er musste in einem Kasten liegen in dem normalerweise nur Frühgeborene Kinder lagen, die Ärzte sind ungewiss ob der Eingriff Schäden zurückweisen würde wenn er älter sein würde. Fabian ist aber ein tapferer Kämpfer und er wächst als vollkommen normaler Junge auf, das einzige was zurückblieb war eine Narbe am Bauch, sie ersetzte den Bauchnabel.

Elias Eltern heirateten da war Fabian zwei Jahre alt (So ein schönes Hochzeitsbild), die drei schienen glücklich und hatten ein schönes Leben und sie waren an jedem Tag dankbar das ihr Sohn gesund und am Leben ist.

Zwei Jahre später nach der Hochzeit kam die erfreuliche Nachricht, sie ist erneut schwanger und erwartet einen Jungen (Elias). Sie war unglaublich glücklich darüber und freute sich darauf, aber im Hinterkopf hatte sie jedes Mal die Angst das ihrem kleinen das gleiche passieren könnte wie Fabian. Elias Vater war nicht so begeistert über die tolle Nachricht, immerhin war das für ihn schon Kind Nummer 4, zu zwei seiner Kinder hatte er gar keinen Kontakt er weiß nicht wie es ihnen geht und was sie machten.

Nach dieser tollen Nachricht kam eine schlechte, der Vater von Elias Mutter ist krank und liegt im Krankenhaus, sie fuhr direkt zu ihm. Sie fragte die Ärzte wie die Diagnose lauten würde, die Ärzte erläuterten es sei nur eine „Lungenentzündung" sie wurde sehr skeptisch, eine Lungenentzündung könne man doch leicht behandeln. Ihr Vater lag einige Nächte im Krankenhaus, sie musste wieder zurückfahren da sie ihrer Arbeit als Verkäuferin nachgehen musste und sie hatte einen 3 jährigen Sohn zuhause um den sie sich kümmern müsse.

Sie bekam 3 Tage später einen Anruf von ihrer Mutter, sie sagte „Dein Papa ist gestorben", sie ließ den Hörer aus der Hand gleiten und sofort strömten ihr die Tränen in die Augen, sie fuhr direkt los, eine Stunde musste sie ungefähr hinfahren um an dem Krankenhaus anzukommen.

Sie fragte die Ärzte was passiert sei, sie antworteten, „Er ist an den Folgen der Lungenentzündung im Schlaf gestorben".

(Ihr Vater war noch nicht so alt das man an einer Lungenentzündung sterben würde).

Elias Mutter war völlig zerstört, geplagt vor Wut und Traurigkeit, der Mann der ihr am meisten bedeutet hat wurde ihr genommen, nur weil die Ärzte nicht richtig gehandelt haben, er hätte nicht so früh sterben dürfen.

Ihr Vater hatte noch nicht einmal erfahren das seine Tochter ein zweites Mal Schwanger ist…

Sie versuchte sich keine Traurigkeit anmerken zulassen, in den kommenden Monaten wuchs ein kleiner Gesunder Junge in ihrem Bauch heran und sie freute sich auf die anstehende Geburt ihres Sohnes. Der Tag der Geburt war angebrochen und sie bekam ihren gesunden Jungen, sie sah ihn an und war sich klar, mein Sohn soll den Namen „Elias" haben.

In all den Jahren wurde der Tod von Elias Großvater nie wirklich angesprochen, bis Elias in einem Alter war in dem er selber das Nachforschen begann, er fragte seine Mutter „was ist mit deinem Papa passiert", sie erzählte ihm die Geschichte und brach in Tränen aus, erst waren es Tränen der Trauer, danach sah sie Elias an und es wurden Tränen der Freude, sie sagte,

„Mein Papa ist jetzt im Himmel aber er hat mir dich als Engel geschenkt".

Sie zeigte Elias Bilder von ihrem Vater als er im Jugendalter war, Elias und sein Großvater sahen sich zum Verwechseln ähnlich, seine Mutter sagte zu Elias, „Wenn ich dich ansehe, sehe ich meinen Papa".

Diese Worte fügen Elias Tränen in die Augen, sie schlossen sich in die Arme und sagten,

„Ich hab dich lieb".

Kapitel 6
Fotografie

Die Interessen von Elias wandelten sich in den Jahren, früher liebte er den Sport, das Fußball spielen, diese Lust verflog, jedes Mal auf ein neues musste er sich eine Ausrede ausdenken um das Training zu schwänzen er war es leid zweimal die Woche für zwei Stunden auf ein für ihn „ dämliches Training" zugehen, er konnte doch alles, ihm ging es um den Wettkampf, er liebte das Spiel wenn es darum ging gegen die gegnerische Mannschaft zu spielen, für die Mannschaft zu gewinnen das war das was Elias am meisten Spaß machte, nur blöd das die

Pflichtspiele immer nur am Wochenende waren.
Mittlerweile war er lieber für sich, da wo er sich am
wohlsten fühlte, in seinem Zimmer, keine Menschen
Seele um sich herum, Kopfhörer in die Ohren und die
Welt um sich herum ausgeschaltet. Elias hatte schon früh
eine Begeisterung für Fotografie entdeckt, eine eigene
Kamera hatte er zwar nie oder wie das überhaupt
professionell funktionierte wusste er auch nicht, er nahm
sein Handy um alles Mögliche zu fotografieren, als er
jünger war hatte er gerne Blumen fotografiert, er
probierte alles aus, er suchte den besten Winkel, er
schaute wie er das beste Licht für sein Bild nutzen
konnte, gerne hatte er auch die Blumen nassgemacht das
sie noch „ästhetischer" aussahen, mit Erfolg, Elias hatte
schnell ein Händchen dafür entwickelt wie er wirklich
schöne Bilder machen konnte, (aber für wen?) er zeigte
niemanden seine Bilder, die Jungs in seiner Klasse
würden das wahrschlich wieder als „Lächerlich"
anerkennen dachte er sich, also behielt er seine
Leidenschaft und seine tollen Ergebnisse für sich.

Elias fing an sich für richtige Kameras zu interessieren,
er wollte immer besser werden auf dem Gebiet was er so
gerne machte, (das Beste für ihn am Fotografieren, er
konnte alleine sein). Er schaute sich verschiedene
Modelle an, er wollte für seine erste Kamera nichts
aufwendiges vor allem auch etwas Preiswertes, (viele
Kameras kosteten über tausende von Euros). So viel
Schnick-Schnack und Technik brauchte er auch gar
nicht, Elias hatte eine tolle Kamera gefunden, die für ihn
perfekt war, sie konnte das was sie tun musste nicht
weniger und nicht mehr, zusätzlich kaufte er sich ein

Weitwinkelobjektiv. Als die Kamera ankam fühlte er sich wieder wie ein kleines Kind das gerade seine Weihnachtsgeschenke öffnete, er schaltete sie direkt ein und probierte alle möglichen Einstellungen aus und war schnell mit seiner Kamera vertraut, nun das Weitwinkelobjektiv, er war fasziniert davon wie weit er damit zoomen konnte, wenn er wollte hätte er zu dem Nachbarshaus rüber schauen können, es war viel Feingefühl nötig denn Elias stellte den Weitwinkel immer Manuell ein, es ging natürlich auch Automatisch aber das dauerte meist zu lange bis alles mit dem Fokus funktionierte. Anfangs probierte er sie in seinem Zimmer aus, macht von allen möglichen Gegenständen ein Bild, er probierte Selbstporträts von sich zu machen und sie sahen wirklich gut aus, es war nur etwas umständlich da er noch kein Stativ für seine Kamera hatte.

Nun war es für ihn an der Zeit, es war ein schöner Frühlingstag, die Sonne schien, er zog sich eine kurze Hose, ein weißes T-Shirt und ein kariertes Flanell Hemd an, auf den Kopf setzte er sich eine Basecap, er nahm sich noch seinen schwarzen Rucksack, packte eine Flasche Wasser und sein Weitwinkelobjektiv ein, nun noch ein paar Turnschuhe und er konnte los, sein erstes Ziel, der Wald der knapp 500 Meter Feldweg entfernt von seinem Zuhause war. Er lief aus der Wohnungstür hinaus, zog hinter sich die Tür zu und verschloss sie, er lief die Treppe herunter und ging die Eingangstür hinaus, (WOW FRISCHLUFT) es war ein so herrlicher Tag, er begab sich auf den Feldweg, seine Kamera die an einem Band befestigt war und um seinen Hals hing schwung beim Laufen hin und her, auf seinem Weg hielt er die

Augen offen, er suchte quasi nach etwas was ihm
zurufen würde,
„Hey ich bin hier Fotografiere mich".

Elias hatte ein Auge dafür in Sachen etwas zu sehen was
andere nicht sahen, eine Besonderheit so klein sie auch
sein mag, andere sahen ein Baum, er wiederum sah den
Baum nicht nur als Baum sondern erkannte die
Kleinigkeiten an ihm, die Rinde, die Tiere darauf, die
Blätter, er sah so viel was ihn begeisterte. Da lief Elias
den Waldweg entlang, sehr gemütlich, umgeben nur von
Natur und er genießte diese Zeit (Diese Ruhe)
irgendwann fing er an loszulegen und Fotografierte drauf
los, meist ist das erste Bild nicht direkt was geworden
und er machte noch eins, er fotografierte Bäume, bunte
Blätter, Insekten, besonders Schmetterlinge, Blumen.
Ihm gefiel es so sehr, er hätte am liebsten gar nicht
aufhören wollen, er machte sich auf den nachhause weg,
Elias ging die Eingangstür hinein, lief die Treppen hoch
bis in den zweiten Stock, seine Schuhe zog er vor der
Wohnungstür aus, er zog seinen Wohnungsschlüssel und
öffnete die Tür, es ging für ihn geradewegs in sein
Zimmer. Elias wollte die Bilder von seiner Kamera auf
seinen Laptop ziehen und sie dann mit einer Photoshop
App bearbeiten, bevor er dies aber tat, ging er sich
Duschen, er fühlte sich dreckig das tat er meistens wenn
er von draußen kam, es war kein Zwang für ihn aber er
fühlte sich frisch geduscht einfach wohler. Er nahm sich
aus seinem Kleiderschrank eine frische Boxer Short, ein
Paar Socken, eine schwarze kurze Hose, ein schwarzes
T-Shirt und einen Schwarzen Hoodie, er lief in das
Badezimmer und verschloss die Tür hinter sich.

Elias zog sich sein Flanell Hemd aus, sein weißes T-Shirt und seine Hose, einen Moment lang sah er sich im Spiegel an, er betrachtete sein braunes, kurzes, lockiges Haar, er schaute sich seinen Körper an, er war dünn und definiert und er stellte sich zwei Fragen während er sich musterte „Bin ich Hübsch?" oder „brauche ich mehr Muskeln?", er dachte nicht weiter darüber nach, er zog sich seine Socken und seine Boxer Short aus, da stand er Nackt im Badezimmer, er drehte sich zur Dusche herum und schob die Duschtür zur Seite auf und stellte das Wasser an, Elias duschte gerne Lauwarm. Er stellte sich unter den Duschkopf und ließ sich von dem Wasser berieseln, es fühlte sich gut an. Das Shampoo massierte er in seine nassen Locken und seinen Körper seifte er gründlich ein, er wäscht sich seinen Körper frei und genießt es unter dem laufenden Wasser zustehen. Elias stellte das Wasser ab und nahm sich ein Handtuch und trocknete sich hab, er wuschelte durch seine lockigen Haare bis sie etwas angetrocknet waren, seinen Körper trocknete er sanft ab, (fast schon behutsam). Seine frische Wäsche wartete bereits auf ihn, ordentlich sortiert nach und nach gestapelt wie er sich anziehen wollte, er fing mit der Boxer Short an und streifte sie sich über seine Beine bis sein Penis und sein Hintern bedeckt waren, als nächstes zog er sich seine Socken, seine kurze Hose, sein schwarzes T-Shirt und seinen schwarzen Hoodie an, seine Locken föhnte er noch ganz leicht etwas Trocken. Sein Handtuch faltete er zusammen und hing es zum Trocknen auf, seine schmutzige Wäsche warf er in den Wäschekorb. Zurück in seinem Zimmer saß Elias an seinen Schreibtisch, vor

ihm sein Laptop, neben ihm seine Kamera, aus der
Kamera nahm er die Speicherkarte und steckte sie in den
Laptop, er zog die Bilder von der Speicherkarte auf
seinen Laptop und konnte anfangen seine Bilder zu
bearbeiten, meist änderte er nicht viel, die Bilder
mussten gut beleuchtet sein, Schatteneffekte vielleicht
etwas verringern, spezielle Filter wollte er selten nutzen
außer den Schwarz-Weiß Filter, Elias liebte die Ästhetik
die ein Schwarz-Weiß Bild hatte, aber besonders bei
seinen Naturaufnahmen wollte er das die Bilder so
natürlich wie möglich aussahen. Die bearbeiteten Bilder
speicherte er und sendete sie auf sein Handy um seine
„Kunst" jederzeit betrachten zu können, Elias war stolz
auf seine „Kunst".

Eigentlich zu Schade das er seine Bilder niemals
jemanden zeigen wollen würde, ihm fehlte das nötige
Selbstbewusstsein, obwohl er so stolz war, war er
zugleich voller Scham und hatte Angst um die Meinung
anderer Menschen was ist wenn „Ihn einer auslacht"
oder die Bilder „nicht schön finden". Er wollte etwas
machen das jedem gefällt aber in dieser Gesellschaft ist
es unmöglich jedem Mensch alles Recht zu machen.
Der Gedanke „Kann man Geld mit Fotografie
verdienen?" gefiel Elias aber er sah diese Chance nicht
als Realistisch, man müsse schon ein bekannter Name in
der Welt sein damit man seine eigenen Fotografien
ausstellen könne, oder berühmte Personen fotografieren
zu dürfen, da ließ er seine Liebe für die Fotografie lieber
für sich. Still und Heimlich wie er sich gerne gab, wenn
Elias eines gut konnte war es Geheimnisse für sich zu
behalten.

Kapitel 7
Zigarette

Ach ja in der Schule lernte man so vieles, Mathematik, Grammatik, Rechtschreibung, das Rauchen, warte was? Das Rauchen? Ja genau! Es gab in Elias Schule wie auf jeder anderen Schule auch immer die Jugendlichen „die coolen" die hinter dem Pausenhof eine Zigarette pafften, es ist etwas verbotenes vor allem im Jugendalter umso mehr reizte es fast jeden diesem Reiz nachzugehen, „Wie fühlt sich das an?" „Wie schmeckt es?"
Auch hatte Elias in seiner und in der Parallel Klasse vereinzelte Mitschüler die rauchten, mindestens einmal die Woche bekam man von den Lehrern mit das mal wieder einer erwischt wurde „Vollidiot" dachte sich Elias, für ihn war es unverständlich wie man sowas freiwillig machen konnte, es stinkt und macht auf Dauer Krank. Es kam ab und an mal dazu das Elias neben an stand während seine Freunde an einer Zigarette pafften, er war nie auf die Idee gekommen danach zu fragen ob er selber mal an einer ziehen dürfte, viel mehr fragten sie ihn aber mit einem „Nein" waren sie immer einverstanden und haben sich nicht Lächerlich gemacht, das ist schon fast erstaunlich. Die Ironie war das gerade die Lehrer die selber in der Pause eine Zigarette rauchten die Schüler erwischten und dann mit einer Verwarnung oder Nachsitzen bestraften. (HA Verrückte Welt) Elias fing irgendwann an auf die Details eines Rauchers zu achten, er hatte einen Lehrer der kurz vor Pensionierung war, er rauchte viel, das sah man seinem kalten, bleichen

und faltigen Gesicht an, man könnte meinen sein Parfüm hieß „Eau de Zigarette", in seiner linken Westentasche hatte immer seine rote Marlboro Schachtel herausgespitzt, „Wie lange er denn schon Rauchte?" fragte sich Elias. Dennoch mochte er den Lehrer er war zwar streng aber gut streng, er war kein Lehrer der einen bloßstellte wenn man etwas nicht wusste, nein viel mehr hat er sich um einen gekümmert und wollte das seine Schüler das beste Ergebnis erzielen können.

Da fiel Elias ein, seine Mutter raucht auch, aus Gewohnheit vielleicht schon vergessen?! Sie achtete stets darauf nicht in seiner Gegenwart zu rauchen und ihr merkte es man nicht an, sie roch nie nach kaltem Rauch. Elias fragte sie einst „Wann hast du das erste Mal geraucht?" Sie überlegte und antworte „vierzehn äh mit achtzehn Jahren" Elias hatte die vierzehn klar herausgehört, er fragte sie „Wie kam es dazu?" sie antworte „Naja in der Schule hatte man es eben mal ausprobiert". (Hm keine spannende Geschichte) dachte sich Elias aber naja, noch hatte er nicht das verlangen selber eine Zigarette auszuprobieren. In diesem Alter wird man fast schon täglich mit neuen Sachen konfrontiert die man noch nicht ausprobiert hatte oder die einem neu vorkamen, das lag wahrscheinlich daran das man dem Erwachsen sein immer näher kam, zumindest (Erwachsen auf dem Papier). Wann ist man überhaupt schon richtig erwachsen, nur weil man achtzehn ist und so gut wie alles tun konnte bedeutete das nicht das man Erwachsen war. Elias dachte an seinen Bruder und fragte ihn beiläufig „Hast du mal eine Zigarette geraucht?" Fabian antwortete „Nein". Das wunderte Elias auch nicht sonderlich, Fabian war irgendwie immer brav und hatte nie Sachen ausprobiert die man mal ausprobieren hätte können, nicht mal mit sechszehn Jahren wollte er ein Bier probieren obwohl es nach dem Gesetz durfte. „Komischer Kauz" dachte Elias.

Elias und seine Freunde Lars, Daniel und Tom wollten nach der Schule noch in die Stadt gehen, sie liefen, es waren entspannte zehn bis fünfzehn Minuten. Sie alle waren Nicht Raucher und nichts ahnend zog Tom eine Schachtel Lucky Strike aus seiner Tasche, Elias schaute zweimal hin und konnte es nicht so wirklich glauben, der Unscheinbarste aus der Klasse hatte Zigaretten, Elias machte noch Witze darüber, „Hey Tom hast du die deiner Oma geklaut?" Lars und Daniel lachten lauthals darüber, Tom lachte kurz mit und fragte daraufhin ganz entspannt „Möchte einer von euch eine Zigarette haben?" Lars nickte. Daniel und Elias sagten „Nein". Das war verrückt das auf einmal die beiden neben ihnen rauchten, vorher hatten sie nie ein Wort darüber verloren oder sich anmerken lassen das sie eine Zigarette überhaupt rauchen wollten. Auf dem Weg in die Stadt pafften die zwei an ihrer Zigarette Elias und Daniel interessierte es nicht wirklich, sollten sie einfach ihr Ding machen. In der Stadt angekommen waren sie kurz am Busbahnhof, dort haben sie ehemalige Schüler getroffen und mit ihnen geredet, es war unglaublich aber an diesem Busbahnhof lief fast jeder in ihrem Alter mit einer Zigarette im Mund herum, teilweise jüngere fast schon Kinder. Elias dachte sich (lebe ich hinter dem Mond?), egal wo man hinging am Busbahnhof hat fast jeder einem eine Zigarette angeboten, manche stritten und schlugen sich sogar deswegen. Elias wollte schnellstmöglich von diesem Ort weg, er war sowieso ungern unterwegs und dann an einem Ort wo Jugendliche nur am quarzen waren und pöbelten das war nicht seine Welt. Er nahm den nächsten Bus und fuhr nach Hause.

Zuhause dachte Elias viel über das Rauchen und Zigaretten im allgemeinen nach, er wusste nicht mal das es so viele unterschiedliche Marken gab bis er zu seinem Handy griff und Google öffnete, er googelte nach „Welche Zigaretten Marken gibt es" ihm wurden auf einmal mehr als 20 unterschiedliche Zigaretten Marken angezeigt, die Schachteln sahen alle ganz unterschiedlich aus, „Ob jede Marke anders schmeckte?" fragte er sich.

Elias sah die typischen Zigaretten Marken, (Marlboro, L&M, Lucky Strike, usw.) der nächste Gedanke von ihm war „welche Zigaretten Marke raucht seine Mutter eigentlich?" Komischerweise achtete er nie darauf und hinterfragte das auch nicht, wozu auch, dass Interessierte ihn überhaupt nicht, naja bis zu diesem Moment. Elias wusste seine Mutter ist noch auf der Arbeit, sie hatte an diesem Abend Spätschicht arbeiten müssen bis 20 Uhr, er wusste das seine Mutter mindestens immer eine Schachtel Zigaretten Zuhause ließ, er wurde neugierig und entschloss sich die Zigaretten seiner Mutter mal näher anschauen zu wollen. Vorsichtig öffnete er seine Tür und spickte durch den Türspalt nur um nochmal sicher zugehen das er auch wirklich alleine zuhause war, manchmal kam es vor das seine Mutter eher von der

Arbeit kam, wenn sie nicht mehr viel zu tun hatte oder ihre Kollegin sie früher nach Hause schickte.

Langsam ging er aus seinem Zimmer, fast schlich er durch die Wohnung aber dies geschah unbewusst, sein Herz schlug schneller und eine Nervosität überkam ihn, der Weg von seinem Zimmer bis in die Küche kam ihn vor als hätte es Stunden gedauert, dabei waren es nur wenige Sekunden. Angekommen in der Küche hielt er die Augen offen, wenn seine Mutter Zuhause war lagen die Zigaretten manchmal auf dem Küchen Tresen, aber dort lagen sie nicht, er schaute in dem Schrank unter dem Tresen nach, vergebens dort fand er nur Feuerzeuge und eine alte Pfeife zum Pfeifentabak rauchen. (Er sah seine Mutter noch nie Pfeife rauchen) dachte er sich, seine letzte Möglichkeit der Balkon, dort hätte er eigentlich auch als erstes nachschauen können aber er tat es nicht, er öffnete die Balkontür und ging hinaus, sein Blick ging zu dem Tisch der rechts von ihm stand, er sah auf den Tisch und da lagen sie. Es war eine weiß-goldene Verpackung, sie war schon geöffnet und halb voll, er nahm die Schachtel in die Hand (es fühlte sich für ihn sehr verboten an und es war ihm etwas unangenehm) im Hinterkopf hatte Elias immer wieder die Angst das seine Mutter plötzlich durch die Tür kommen könnte aber er hatte Glück. Die Schachtel in seiner linken Hand betrachtete er genauer die große Überschrift „Marlboro Gold" und unten stand der Text „Rauchen kann tödlich sein" nun war Elias einer Zigarette so nah wie nie zuvor und er wurde neugieriger, er faste all seinen Mut und nahm eine Zigarette aus der Schachtel und betrachtete sie, (nichts außergewöhnliches) dachte er sich. Sehr vorsichtig roch er an der Zigarette er empfand den Geruch nicht als unangenehm und nun überlegte er, seine Neugierde würde ihn gleich zerreißen, er steckte sich die Zigarette in den Mund nur um herauszufinden wie es ist diesen länglichen Stummel im Mund zu haben, aber es dauerte keine drei Sekunden da nahm er sie wieder aus dem Mund, er überlegte und ging unendliche Szenarien durch…

(Würde seine Mutter bemerken das eine ihrer Zigaretten fehlte?)

(Würde sie es riechen wenn er eine Zigarette geraucht hätte?)

(Würde sie wütend werden wenn er eine Zigarette geraucht hätte?)

Die Versuchung und die Neugierde von Elias war zu groß, er steckte sich die Zigarette in den Mund und nahm ein blaues BIC Feuerzeug in seine rechte Hand, er zögerte und ein bisschen Angst überkam ihn, er spielte mit dem Feuerzeug um Zeit tot zuschlagen, aber wofür?

(Das er nicht mehr genug Zeit dafür hätte bevor seine Mutter kam?)

Da saß Elias mit der Zigarette in seinem Mund und seinem blauen BIC Feuerzeug in der rechten Hand und er sagte fast flüsternd zu sich,

„SCHEISS DRAUF!!!"

Er zündete die Zigarette an und nahm einen Zug, er hustete leicht aber ansonsten fehlte ihm nichts, er paffte seine ERSTE Zigarette, aber stolz war darauf nicht, er paffte sie bis zum Filter und drückte sie im

Aschenbecher aus, nun ging es darum die „Beweismittel" wieder genau an den Ort zu platzieren wo sie vorher waren, damit seine Mutter nichts bemerken würde, also legte er alles genau an dem Ort wo er es gesehen hatte. Elias ging die Balkontür hinein, er lief in das Badezimmer und verschloss die Tür, er nahm sich seine Zahnbürste aus dem Spiegelschrank und machte etwas Zahnpasta darauf, gefühlt putze er sich für 15 Minuten die Zähne aber es waren in der Realität nur 3 Minuten, den Geschmack von der Zigarette bekam er nicht aus dem Mund, er zog sich schnell aus und huschte unter die Dusche, dass ging sogar noch schneller als das Zähneputzen, er trocknete sich schnell ab und nahm seine schmutzige Wäsche und lag sie in den Wäschekorb. Nackt lief er schnell durch die Wohnung in sein Zimmer, er verschloss die Tür hinter sich, er zog sich schnell etwas an und er sprühte noch etwas Deo und Parfüm, „Sicher ist Sicher" sagte er sich.

Elias lag sich in sein Bett, steckte sich seine Kopfhörer in die Ohren und spielte seine „Lieblings-Songs Playlist", der Geschmack in seinem Mund hat sich immer noch nicht verändert, er trank ein kräftigen Schluck Wasser und steckte sich einen Frucht Bonbon der nach Erdbeere schmeckte in den Mund, so langsam verließ ihn der Geschmack der Zigarette, aber das wichtigste würde noch kommen, findet seine Mutter etwas heraus?

Elias Mutter kam von der Arbeit, pünktlich um 20 Uhr konnte sie Feierabend machen somit sie circa um 20:15 Uhr Zuhause angekommen war, sie begrüßte Elias mit einem müden „Hallo", Elias erwiderte „Hallo", sie sagte zu ihm „Ich werde mich Duschen und danach Bettfertig machen", Elias antworte mit einem stumpfen „Okay". Ihm überkam eine Erleichterung, er wusste das es ihr nicht mehr auffallen würde wenn ihr eine Zigarette fehlen würde da sie zu müde und erschöpft gewesen war. Das Leid seiner Mutter war sein Glück, in diesem Moment zumindest. Elias wünschte seiner Mutter nie das sie Leiden müsste.

(Elias wurde zum Raucher)

Ironie oder Schicksal?

Kapitel 8
Beziehung

Es war ein Schultag wie jeder andere. Elias wachte auf, sein Wecker klingelte um 6:30 Uhr, er ging in das Badezimmer, putze sich seine Zähne und wusch sein Gesicht, zurück in seinem Zimmer nahm er sich ein Paar Socken und eine frische Boxer Short aus der Schublade, er zog sich eine Blaue Jeans, ein weißes T-Shirt und eine schwarze Jeansjacke an. Elias nahm sich seine schwarze Schultasche aus der Ecke in die er sie immer am Vortag hingeschmissen hatte, er verließ die Wohnung und sperrte die Wohnungstür zu. Er zog sich seine weißen Turnschuhe an und lief zum Bus. Es war ein bewölkter Tag aber nicht wirklich kalt, es waren angenehme 18 Grad. An diesem Tag war er fast alleine an der Bushaltestelle, nur ein Nachbarsjunge stand ebenfalls dort, er war zwei Jahre jünger als Elias, als sie Kinder waren spielten sie öfter mal zusammen, im Jugendalter sahen sie sich nur noch an der Bushaltestelle oder flüchtig in der Schule. Elias genießte die Busfahrt, er konnte aus dem Fenster schauen, die Natur genießen oder die vorbeifahrenden Autos beobachten, in seinen Ohren waren natürlich seine Kopfhörer, ohne Musik ging es bei Elias nicht. Der Bus hielt an der Schule, pünktlich wie immer um 7:55 Uhr, an dem Schuleingang wartete wie immer sein bester Freund Lars auf ihn, sie begrüßten sich jeden Tag herzlich als hätten sie sich über mehrere Jahre nicht gesehen. Sie liefen durch das Schulgebäude, sie mussten an ganz vielen Klassenräumen vorbeilaufen und sahen immer wie die Schüler alle schon an ihren Plätzen saßen, es war jeden Tag das gleiche Bild für sie. Angekommen an ihrem Klassenzimmer gingen sie still hinein und begrüßten ihre Klassenlehrerin mit einem lauthalsen „GUTEN MORGEN", die Lehrerin antwortete darauf, „Guten Morgen ihr beiden", Elias und Lars setzten sich auf ihre Plätze und der Schultag begann mit einer Doppelstunde Mathematik, darauf freute sich Elias besonders sehr (Hust, Hust). Die Pausenklingel ertönte, Elias und Lars gingen aus dem Klassenzimmer, sie liefen die Treppe hinunter und gingen in den Pausenhof, sie schlenderten durch den ganzen Pausenhof und unterhielten sich und erzählten sich immer gegenseitig lustige Witze, sie kamen so oft gar nicht mehr aus ihrem Lachen heraus das es sich bis in den Unterricht zog. Die Beiden bemerkten das einige neue Schüler an ihrer Schule waren, hin und wieder kam das vor, aus welchen Gründen auch immer. Sie liefen Richtung Sportplatz da fiel Elias plötzlich eine neue Schülerin auf. Sie hatte langes braunes Haar, ihm fielen sofort ihre langen dünnen Beine auf und ihr Lächeln war so bezaubernd schön. Elias konnte seine Blicke von ihr nicht abwenden, er fragte einen Schüler der eine Klasse unter ihm war, „Weißt du wie die neue Schülerin heißt, die mit den braunen langen Haaren?" Er antwortet „Ja das ist Anna, sie ist seit heute bei mir in der Klasse". Elias war von diesem Tag an hin und weg von Anna, im Unterricht überlegte Elias wie er Anna kennenlernen könnte und er beschloss für sich wenn er sie in der langen Mittagspause sehen würde, sie ansprechen zu wollen. Es folgte nun eine Stunde Englisch und danach Deutsch, in der nächsten kurzen Pause sah er Anna erneut, er dachte sich nur (WOW), seine Gedanken waren nur noch bei Anna obwohl er mit ihr noch kein einziges Wort gesprochen hatte. Es folgte eine Stunde Geschichte und danach ging es in die lange Mittagspause, Elias und Lars liefen in die Schulmensa, es gab Heute Spaghetti Bolognese zum Essen, sie nahmen sich ein Tablett, bekamen ihren Teller Spaghetti Bolognese und saßen sich zu ihren anderen Schülern aus ihrer Klasse. Anna sah er beim Mittagessen nicht, aber das beunruhigte Elias nicht, er dachte sich (Vielleicht hatte sie erst später Pause). Elias und Lars schlenderten nach dem Mittagessen Richtung Sportplatz, ein Junge aus ihrer Klasse hatte bereits ein Fußballtor besetzen können und so kickten sie erst mal los, es vergingen 25 Minuten und dann kam Anna auf den Sportplatz gelaufen, Elias bemerkte sie und wollte auf einmal so gut Fußball spielen wie nie zu vor, um seine „Geliebte" beindrucken zu können. Sie setzte sich mit einer Freundin auf eine Bank und beobachtete die Jungs beim Fußball spielen, Elias spielte tatsächlich gefühlt den besten Fußball den er jemals spielte, er dribbelte seine Schulkameraden aus als wären sie Statuen und er schoss ein Tor nach dem anderen und eins nach dem anderen war schöner. Elias und Anna tauschten Blicke aus und ab und zu lächelte sie ihn an, er nahm sich seinen Mut zusammen und ging zu ihr herüber, er begrüßte sie mit einem netten,

„Hey, ich bin Elias, wie heißt du?"

Er wusste zwar bereits wie sie mit Vornamen hieß aber es ist trotzdem höflicher sie danach zu fragen, sie antwortete mit ihrer süß klingenden Stimme,

„Hi Elias, ich heiße Anna".

Elias antwortete,

„Das ist ein schöner Name" er fragte sie im gleichen Satz „Hättest du Lust mit mir etwas herumzulaufen und zu quatschen?"

(Quatschen was für ein dämliches Wort) dachte er sich kurz nachdem er es Ausgesprochen hatte.

Sie antwortete Höflich „klar gerne".

In Elias steigt auf einmal die Vorfreude aber auch etwas die Nervosität, sie liefen durch den Pausenhof und unterhielten sich ohne Pause es war ein sehr gutes und harmonisches Gespräch, Elias zeigte Anna das Schulgelände und das Schulgebäude genauer immerhin kannte sie sich hier überhaupt noch nicht aus. Sie vergaßen beinahe schon die Zeit immerhin müssen sie bald wieder zurück in ihre Klassenzimmer gehen, sie waren bereits über eine Stunde unterwegs und waren so versunken in ihrem Gespräch, sie fühlten sich beieinander wohl und das sagten sie sich auch, Elias fragte Anna,

„Wollen wir unsere Handynummern austauschen?"
Anna antwortete ohne eine Sekunde zu zögern,
„JA".

Sie tauschten die Nummern aus und Elias brachte Anna zurück zu ihrem Klassenzimmer, pünktlich 5 Minuten vor Unterrichtsbeginn. Sie sahen sich an und lächelten, sie umarmten sich und es war eine lange Umarmung sie ging fast 15 Sekunden lang, Elias sagte zu Anna, „Bis später", Anna antwortete „Bis dann" und winkte ihm nach. Voller Glück in seinem Herzen lief er ganz lässig zurück in sein Klassenzimmer, die letzten zwei Schulstunden waren Religion, aber von dem Unterricht bekam er überhaupt nichts mit, seine Gedanken waren nur bei Anna.

Die Schulklingel läutete, 15:30 Uhr die Schule war vorbei, Elias und Lars liefen durch das fast vollkommen verlassende Schulgebäude und machten sich wie immer über alles Mögliche lustig, sie fanden in jeder Sache die sie sahen etwas worüber sie lachen konnten. Am Bus angekommen verabschiedeten sie sich wie jeden Tag zuvor, sie nahmen sich in den Arm und sagten „Bis Morgen". Elias stieg in den Bus, er sagte dem Fahrer wohin er müsste und setzte sich hinten in die Vorletzte Reihe, er steckte sich noch seine Kopfhörer in die Ohren und fuhr nach Hause. Angekommen ging er die Straße entlang die zu seiner Wohnung führte. Er öffnete die Haustür, stampfte die Treppen bis in den zweiten Stock

hinauf, er zog sich seine weißen Turnschuhe aus und
schloss die Wohnungstür auf.

Seine Mutter begrüßte Elias, „Hallo, wie war dein Tag?",
Elias antwortete, „Mein Tag war sehr schön", diese
Antwort bekam sie noch nie von ihrem Sohn wenn Elias
nach Hause kam.

Sie fragte ihn „Ist in der Schule etwas Schönes
passiert?", Elias log seine Mutter an „Nein, es war alles
wie immer". Seine Mutter fragte nicht weiter nach. Elias
ging in sein Zimmer, er zog sich seine schwarze Jeans
Jacke und seine blaue Jeans aus, er nahm sich eine
schwarze Jogginghose aus seinem Schrank und zog sie
sich an, er legte sich in sein Bett und er schrieb eine
Nachricht an Anna. Er schrieb,

„Hey Anna, hier Elias. Die Pause mit
dir war heute wirklich schön,
vielleicht hättest du Lust morgen die Pause
wieder mit mir zu verbringen?"

Anna antwortet kurze Zeit darauf,
„Hi Elias, die Zeit mit dir
war wirklich sehr schön und ja
Sehr gerne!".

Elias und Anna tauschten sich den ganzen Abend
gegenseitig noch Textnachrichten aus, sie konnten nicht
voneinander loslassen. Die darauf folgenden Tage
verbachten sie jede Sekunde miteinander und jeden Tag
wuchs die Liebe in Elias Herz für Anna.

Es vergingen zwei Wochen, Elias und Anna waren in der
langen Mittagspause wieder zusammen, sie lagen auf
einer Wiese und unterhielten sich, Elias fühlte sich so

sehr zu Anna hingezogen. Er stand auf und bittet Anna auch aufzustehen, nun standen die beiden ganz nah aneinander, sie blickten sich tief in die Augen, Elias in die Kastanien braunen Augen von Anna und Anna in die Moos grünen Augen von Elias. Er nahm seine Hände an ihre Hüfte und zog sie ganz langsam an sich heran, ihre Körper berührten sich. Elias schloss die Augen und küsste Anna, sie erwiderte den Kuss. Der erste Kuss der beiden, es war ein schöner Kuss und der hielt für circa 10 Sekunden an, die Lippen entfernten sich, sie öffneten beide ihre Augen und lächelten sich an, Anna war etwas rot geworden was Elias als sehr süß empfand. Elias und Anna legten sich wieder auf die Wiese, Anna nun im Arm von Elias und sie schauten sich die schönen Wolken am Himmel an. Anna drehte ihren Kopf und legte sich etwas auf Elias Oberkörper und küsste ihn erneut, die Küsse wurden intensiver und etwas anregend für beide, ihren Lippen konnten nicht mehr voneinander loslassen, sie küssten sich immer intensiver, Elias legte seine Hand vorsichtig auf Annas Po und Anna nahm ihre Hand an Elias Hals, am liebsten würden sie gar nicht mehr aufhören wollen, da hörten beide die Schulklingel die signalisierte das in 15 Minuten der Unterricht wieder beginnen würde, langsam hörten sie auf sich zu küssen, ihre Lippen waren beinahe miteinander verschmolzen, beide öffneten die Augen und sahen sich an, nun war auch Elias etwas rot im Gesicht geworden, weiterhin sahen sie sich an und lächelten vor Glück. Elias brachte Anna wieder zu ihrem Klassenzimmer, dieses Mal verabschiedeten sie sich mit einem Kuss.

Es vergingen zwei weitere Wochen, Elias und Anna
sahen sich an jedem Schultag und genossen ihre
Zweisamkeit, sie unterhielten sich und lernten sich
immer näher kennen, mittlerweile kannten sie sich schon
sehr gut und natürlich küssten sie sich weiterhin intensiv.
Es waren nun etwas mehr als 4 Wochen vergangen als
Elias und Anna sich kennenlernten. An diesem Tag wolle
er ihr sagen was er für sie empfinden würde. Es war ein
Donnerstag, die Sonne schien, es hatte schöne 23 Grad
und sie verabredeten sich um 13 Uhr an der Wiese wo
sie sich das erste Mal geküsst hatten. Elias war 5
Minuten eher am Ort als Anna, als sie kam winkte sie
ihm zu und als sie direkt vor ihm stand küssten sie sich.
Sie fragten sich gegenseitig wie ihr Schultag bisher liefe
und beide berichteten darüber welche Unterrichtsstunde
sie „Scheiße" fanden oder welche Unterrichtsstunde
dieses mal „Okay" gewesen sei, sagte Elias zu Anna,
„Anna ich möchte dir etwas sagen.
Ich habe mich in dich Verliebt
Und möchte mit dir zusammen sein".
Anna antwortete,
„Ich habe mich auch in dich
Verliebt Elias und möchte
auch mit dir zusammen sein".
Beide kamen aus dem Lächeln nicht mehr heraus und
fast gleichzeitig sagten sie,
„Ich liebe Dich".
Daraufhin nahmen sie sich in den Arm und küssten sich.
Dies war der Anfang von Elias erster Liebesbeziehung.

Es vergehen 3 Monate nach Elias und Annas erster Begegnung, Anna lernte bereits Elias Mutter kennen, sie mochten sich und darüber war Elias sehr froh und es war ihm sehr wichtig das seine Mutter Anna mochte. Die beiden verbrachten mittlerweile jedes Wochenende miteinander, sie unternahmen das worauf sie Lust hatten, auch dieses Wochenende verbrachten die Beiden zusammen, Anna kam zu Elias nach Hause. An diesem Wochenende wollten die beiden nur faulenzen und so sahen sie sich meist eine Serie oder unterschiedliche Filme an, aber an diesem Wochenende wollten die beiden auch den nächsten Schritt in ihrer Beziehung wagen und zwar wollten sie beide miteinander „Sex" haben. Über dieses Thema haben sie bereits mehrere Wochen gesprochen und sie wollten sich beide zu einhundert Prozent sicher sein und dies waren sie auch. Elias und Anna waren beide noch Jungfrau und waren deshalb etwas Nervös. Es war bereits Abend geworden, Elias Mutter war nicht Zuhause und darüber waren die beiden ausnahmsweise froh.

Sie legten sich ins Bett und fingen sich an sich zu küssen, die Küsse der beiden steigerten sich und wurden intensiver, sie küssten sich mit Zunge. Elias Hand packte den Hintern von Anna, Anna lies ihre Hand an Elias Körper spielen. Elias fing an ganz langsam das T-Shirt und die Hose von Anna auszuziehen, danach zog Anna langsam Elias das T-Shirt und seine Hose aus. Anna hatte nur noch einen schwarzen BH und einen schwarzen String an und Elias hatte nur noch seine schwarze Calvin Klein Boxer Short an, sie fingen wieder an sich zu küssen. Elias nahm nun seine Hand und führte sie langsam an Annas Brüste, er berührte sie vorsichtig und fing an ihre Brüste in die Hand zu nehmen und sie vorsichtig zu massieren.

Anna drehte sich mit dem Rücken zu Elias und sagte, „Öffne meinen BH"

Elias schwieg und machte den BH von Anna auf, ihre schönen Brüste lagen nun vor Elias offen, sie legte sich mit dem Rücken auf das Bett und Elias fing wieder an sie zu küssen, seine Hand weiterhin an Annas Brust, langsam ging er an ihren Hals und küsste sie ganz sanft, immer weiter küsste er sich hinunter bis er an Annas makellosen Brüsten war, er nahm ihre Nippel in den Mund und leckte sie ganz vorsichtig, er spürte wie intensiv das für Anna war. Elias küsste sie weiter und immer weiter nach unten, bis er an ihrem String angekommen war, Elias zog Anna den String aus und er selber zog sich seine Boxer Short aus, Elias nahm ein Kondom was er auf dem Nachttisch bereit gelegt hatte, er riss die Verpackung auf und nahm das Kondom heraus. Sein Penis war bereits steif geworden und er stülpte das Kondom über seinen erregten Penis. Elias fuhr ganz sanft mit seiner Hand an Annas Oberschenkel entlang bis zu ihrer Vagina, ganz vorsichtig ging er mit seinem Zeige und Mittelfinger an ihre Schamlippen und steckte die Finger hinein, Annas Vagina war warm und feucht gewesen, er nahm die Finger wieder heraus und steckte langsam seinen Penis in Ihre Vagina, Anna stöhnte kurz auf, mit langsamen Bewegungen führte Elias seinen Penis vor und zurück, Anna packte Elias an sich und umklammerte ihn, sie küssten sich und Elias fuhr seine Bewegung fort. Für 10 Minuten liebten sich

Anna und Elias wie nie zuvor. Anna stöhnte leise und Elias atmen war intensiv geworden. Elias fühlte das er gleich zum Orgasmus kommt und er wird etwas schneller, Anna war ebenfalls kurz vor dem Orgasmus und krallte sich in Elias Rücken, die Bewegungen wurden immer schneller und intensiver, das stöhnen von Anna immer lauter und das Atmen von Elias immer stärker, Elias sagte,

„Ich komme gleich" und Anna stöhnte auf „Ich auch Elias, schneller"

Elias Bewegungen wurden noch schneller und sie kamen beide fast zeitgleich zum Orgasmus, beide stöhnten laut auf als sie zu ihrem Höhepunkt kamen.

Die beiden waren völlig außer Puste, Elias blieb noch einen kurzen Augenblick mit seinem Penis in Annas Vagina, sie küssten sich und Elias lag sanft auf Annas Körper.

Anna fuhr Elias mit ihrer rechten Hand durch seine Braunen Locken und mit der linken Hand streichelte sie ihn sanft am Rücken.

Elias zog vorsichtig seinen Penis aus ihrer Vagina und sie lagen sich in den Armen sie warfen eine Decke über sich. Nun sie sahen sich an und sagten gelichzeitig,

„Ich liebe Dich".

Für 10 Minuten lagen die beiden einfach nur im Bett, Arm in Arm und genossen das was gerade geschehen war. Danach huschten die beiden unter die Dusche und verbachten einen wunderschönen Filme Abend zusammen.

Die nächsten Monate verbrachten Elias und Anna voller Harmonie und endloser Liebe, sie waren überaus glücklich einander zu haben. Ihre Beziehung wuchs von Tag zu Tag mehr und sie waren quasi das perfekte Team. Gestritten haben sie sich selten, so gut wie gar nicht und wenn es zu einem Streit kam ging es meist um Kleinigkeiten und sie konnten ihre Probleme ohne weiteres aus der Welt bringen.

Es war mittlerweile ein Jahr Beziehung vergangen, ein Jahr voller Liebe alles schien so Problemlos. Nach knapp eineinhalb Jahren fingen Schwierigkeiten an, Elias und Anna stritten sich häufiger, oft gingen sie sich aus dem Weg und wollten sich nicht mehr sprechen oder sehen. Trotzdem liebten sie sich egal wie schwer es war, aber es kam dieser eine bittere und schwere Tag. Anna wurde gegenüber Elias immer verschwiegener, sie nahm sich weniger Zeit für ihn und kam mit billigen Ausreden daher, Elias machte das stutzig und unsicher, „Was war nur mit seiner Anna los", fragte er sich.

Immer wieder sprach er seine Geliebte auf ihr „komisches" Verhalten an, aber sie argumentierte meist damit das „Alles in Ordnung wäre", aber das war es keineswegs das spürte Elias. Ihr Sexleben litt auch darunter, Anna wollte dies immer seltener, (Obwohl sie ein gutes und schönes Sexleben hatten). Elias fing an auf Kleinigkeiten bei Anna zu achten, ihm fiel auf das sie immer öfters ihr Handy in eine andere Richtung wendet wenn Elias neben ihr saß, Anna hatte ein dunkles Geheimnis vor ihrem Freund. Dieses ganze hin und her ging noch weitere zwei Wochen und auf einmal diese

Schocknachricht, Anna schrieb Elias eine Textnachricht, „Elias, können wir uns sehen? Wir müssen Reden!".

In Elias brodelten die Gedanken, er hatte Angst das sie ihn verlassen würde, im gleichen Moment redete er sich ein „Nein das würde sie nicht machen". Sie haben ausgemacht das sie sich in der Stadt treffen an einer Sitzbank, Elias war bereits 10 Minuten vor der abgemachten Zeit vor Ort, Anna kam, er sah sie an und jedes Mal wenn er sie sah dachte er sich (Wie wunderschön Anna ist). Anna kam auf Elias zu, sie war sehr zurückhaltend, er wollte sie in den Arm nehmen, aber sie erwiderte die Umarmung nicht.

Elias fragte,

„Was ist denn los Anna?"

Anna antwortete mit leichten Tränen in den Augen,

„Ich verlasse dich Elias"

Elias brauchte einen Moment, ihm war kurz schwarz vor den Augen geworden, er fing leicht das Zittern an und fragte daraufhin mit leicht nassen Augen,

„Aber wieso? Es ist doch alles in Ordnung. Habe ich etwas falsch gemacht?

Anna brauchte einen Minute, sie schluckte kurz und antwortete,

„Ich habe jemand anderen…"

In Elias brach alles zusammen nun liefen ihm die Tränen wie aus einem Wasserfall heraus, er brauchte 5 Minuten bis er wieder Worte gefunden hatte.

Er wurde etwas wütend in seiner Stimme und fragte sie,

„Wie lange geht das schon?"

Anna antwortete,

„Seit mehr als vier Wochen"
Elias war nun komplett am Ende, er wollte sich am
liebsten vor das nächste vorbeifahrende Auto schmeißen,
wieso passierte gerade ihm das, was hatte er falsch
gemacht?

Anna sagte zu Elias,
„Es tut mir Leid"
Elias antworte nicht darauf und dachte sich (Steck dir
dein Leidtun sonst wohin).

Elias ging fort, aber auf einmal wusste er nicht wohin,
seine Nerven lagen am Boden und es reichte nicht das
sie am Boden lagen sondern es wurde noch danach
getreten und gespuckt.

Elias lief planlos herum, er hatte das Bedürfnis nach
Alkohol, obwohl er wusste das Alkohol niemals die
Lösung sei, so lächelte ihn in diesem Moment ganz
besonders die Bierflasche an und er machte sich auf den
Weg in den nächsten Supermarkt, er ging in die
Getränke Abteilung und nahm sich einen Six Pack Bier,
Elias lief damit zur Kasse und stellte den Six Pack auf
das Kassenband, die Kassiererin sah Elias an und fragte
ihn,
„Darf ich mal deinen Ausweis sehen?"
Elias antwortete gar nicht und zückte genervt seinen
Personalausweis.

Die Kassiererin sagte,
„Okay , alles in Ordnung"
(In Ordnung? Halt deinen Mund und kassier mich ab)
dachte sich Elias in diesem Moment, er gab ihr das Geld
und verschwand, mit seinem Six Pack Bier in der

rechten Hand ging er in den Park und setzte sich auf eine Bank. Er öffnete ein Bier und trank es fast in einem Zug aus.

Elias trank ein Bier nach dem anderen bis nur noch eines übrig war und wäre an diesem Tag nicht eh schon alles zu viel für Elias gewesen, kam Anna und ihr Neuer auf ihn zugelaufen.

Elias dachte sich (Will die mich Komplett Verarschen, sie hat mich gerade einmal vor einer Stunde verlassen und läuft schon mit ihrem Neuen in der Gegend herum).

Elias Wut stieg in das unermessliche der Alkohol half in diesem Moment dabei natürlich, je näher sie kamen erkannte er das Gesicht von Annas Neuen.

(Das ist doch Pascal dieses miese Arschloch) dachte sich Elias.

Elias und Pascal kannten sich flüchtig aus der Schule, Pascal war ein absoluter Asi, er hing nur mit Drogenjunkies ab, im Hirn hatte er auch nicht viel und hässlich wie die Nacht ist er auch.

Elias dachte sich (Mit so einem also hast du mich verarscht, ist das Ekelhaft)

Anna und Pascal waren nun unmittelbar vor Elias und in ihm platzte die Wut heraus,

„EY du Arschloch" sagte er zu Pascal.

Pascal antwortete „Na du Versager, bist wohl ganz alleine unterwegs"

Elias ballte schon seine Faust zusammen und ging in Pascals Richtung um ihm schön eins in die Fresse zu hauen aber Anna kam ihm dazwischen und flehte ihn beinahe schon an

„Hör auf Elias".

Elias stand vor Anna und er brach innerlich zusammen, die Frau die er liebte die alles für ihn war stand vor ihm und flehte ihn an, Elias sah ihr tief in die Augen, beide waren den Tränen nahe.

Pascal sagte aus dem Hintergrund,

„Komm Anna wir gehen"

Pascal nahm Anna an der Hand und zerrte sie regelrecht von Elias weg, die beiden blickten sich weiterhin stumm an, während Pascal Anna hinter sich herzog.

Als Anna und Pascal weit genug weg von Elias waren brach er in Tränen aus, er öffnete sein letztes Bier und lief damit Richtung Bushalltestelle und wartete auf den nächsten Bus der ihn nach Hause fahren würde. Der Bus kam, Elias torkelte etwas angetrunken in den Buseinstieg und er gab dem Busfahrer 1,20 €. Der Busfahrer gab Elias sein Fahrticket, er setzte sich ganz hinter in die letzte Reihe, er hätte sich überall hinsetzen können denn der Bus war vollkommen leer. Elias steckte sich seine Kopfhörer in die Ohren und hörte Musik, seine Gedanken waren nur bei Anna. Elias Haltestelle kam und er stieg aus, unter Tränen lief er bis zu seiner Wohnung. An dem Haus angekommen stieß er die Tür auf und knallte sie direkt wieder zu, die Treppen schleppte er sich schon fast hinauf. Er stand vor der Wohnungstür, er zog sich seine Schuhe aus, schloss die Tür auf und ging hinein, seine Mutter begrüßte Elias aber er hörte es nicht seine Musik lief auf voller Lautstärke. Er ging in sein Zimmer, schmiss die Tür zu und verschloss sie, er zog sich seine Klamotten aus und legte sich in sein Bett. Für 10 Minuten war er nur damit beschäftigt sich die Decke anzusehen, fast schon regungslos lag er da. Elias nahm sein Handy, mehrere Stunden hatte er bereits nicht mehr drauf geschaut.

„Drei Nachrichten von seiner Mutter"

„Vier Nachrichten von seinem besten Freund Lars"

„Zwei Nachrichten von Anna"

Die Nachrichten von Anna las er vorerst nicht, er ging in die Foto Galerie und sah sich gemeinsame Fotos von sich und Anna an, ihn überkamen die Tränen. Elias war entsetzlich traurig. Nach einer Stunde sah er sich die Nachrichten von Anna an.

„Erste Nachricht: Es tut mir leid Elias"

„Zweite Nachricht: Ich werde die Tage vorbeikommen und meine restlichen Sachen holen"

Elias antworte kalt,

„Ok"

Es vergingen drei Tage dann eine neue Nachricht von Anna, solange hatten sie keinen Kontakt mehr gehabt seitdem sie sich kennenlernten, Anna schrieb,

„Bis du Heute Abend Zuhause? Ich würde meine Sachen holen"

Elias antwortete,

„Ja"

Um 19:00 Uhr klingelte es an der Tür, Elias Mutter öffnete die Tür, mittlerweile wusste sie über die Trennung Bescheid und war mehr als enttäuscht, traurig und sauer auf Anna.

Elias Mutter sagte kein Wort zu Anna, sie kam herein und ging zu Elias Zimmer, sie klopfte an seiner Tür und ging herein, Anna sagte beschämt,

„Hi".

Elias sah sie an und sagte mit traurigen Unterton ebenfalls,

„Hi".

Danach war es schweigsam in Elias Zimmer, Anna suchte ihre Sachen zusammen, Elias hatte von ihr nichts mehr angefasst, außer ein T-Shirt von ihr das er zum Schlafen neben sich lag und daran roch, er liebte ihren Duft. Es verging eine halbe Stunde und Annas Handy klingelte, es war Pascal er fragte sie wie lange es noch dauern würde weil er unten wartete.

Elias bekam das mit und fuhr Anna an,

„Wie der Penner steht vor meinem Haus?"

Anna antworte,

„Ja und?"

Elias platze fast der Kragen und schrie los,

„Das Arschloch soll sich verpissen, sonst hau ich ihm eins in die Fresse!"

Anna sagte kurz darauf,

„Ich bin jetzt sowieso fertig."

Ihre letzten Worte zu Elias waren,

„Mach es gut Elias".

Elias mit Tränen in den Augen sagte fast schon flüsternd,

„Du auch Anna".

Anna verließ die Wohnung und das war das letzte Mal das die beiden sich sahen und das war somit das endgültige Ende ihrer Beziehung.

Elias kämpfte noch mehrere Monate mit der Trennung, es dauerte lange bis er Anna aus dem Kopf bekam, immerhin war sie seine erste große Liebe und seine erste richtige Beziehung, sie teilten sich so viele schöne Momente.

(Aber alles hat irgendwann ein Ende)

Kapitel 9
Schule

Das Letzte Schuljahr ist angebrochen und auf einmal verging die Zeit wie im Flug, nun musste sich Elias mit der wichtigsten Frage in seiner Jugendzeit beschäftigen, „Was kommt nach der Schule?".

Elias überforderte diese Frage, er fühlte sich keineswegs bereit denn auf einmal ging es in Richtung erwachsen werden, aber was bedeutet es überhaupt erwachsen zu werden?

Die meisten Menschen die Mitte zwanzig waren, waren nicht einmal Erwachsen, klar waren sie das auf ihrem Ausweis aber dennoch ist es der Kopf der Erwachsen werden musste, aber wie schafft man das? Die Antwort: Keine Ahnung.

Dennoch wurde es auf einmal sehr ernst in der Schule, es ging darum sehr gute Noten zu schreiben, man lernte wie man richtig Bewerbungen schreiben würde, dazu wurde geübt wie man sich in einem Bewerbungsgespräch verhalten soll.

(WTF??? Ich bin fast noch ein Kind was soll das alles?) Dachte sich Elias.

All diese Aufgaben unter einen Hut zu bekommen ist definitiv keine einfache und Elias hatte damit durchaus

Probleme, er war ein Freigeist und tat gerne das worauf er Lust hatte, da war nicht viel Platz für Schule und das ganze doofe Zeug was jetzt auf einmal wichtig sei.

Elias war sich eines bewusst, er müsste sich Überlegen wie es nach der Schule weitergehen würde, er war sich sicher er möchte nicht auf eine weiterführende Schule gehen, er würde lieber eine Ausbildung machen, aber da das nächste Problem, Elias wusste überhaupt nicht in welcher Richtung er gehen wolle.

Handwerklich war Elias nicht wirklich begabt deswegen wählte er den Technik Unterricht ab, er war der einzige Junge der im Sozial Unterricht war aber der Unterricht war absolut bescheuert, dass einzige was sie taten war es zu Kochen und Elias hasste es zu Kochen. Wissen über Soziale Berufe wurden null Komma null vermittelt, super Unterricht!

Er überlegte mehrere Wochen was er später „gerne" Arbeiten wollte, ihm fiel ein das er mal ein Praktikum in einem Kindergarten gemacht hatte, ihm machte das Spaß und die Kinder freuten sich immer auf ein männliches Gesicht. Elias interessierte am meisten an diesem Beruf wie wichtig Psychologie und Pädagogik war, das Lernen wie man in den Kopf eines kleinen Menschen hinein sehen könne und auf deren Bedürfnisse einzugehen und in den ersten und prägendsten Lebensjahren wichtige Unterstützung bieten zu können.

Der Entschluss von Elias stand fest, er möchte mit Kindern arbeiten, er bewarb sich somit, mit seinen eher mittelmäßigen Noten an einer Schule die diese Ausbildung anbieten würde, wichtig für Elias war es zu wissen das die Ausbildung überwiegend Schulisch war und er würde somit eben kein Geld verdienen, aber das störte ihn nicht denn das war es was er wirklich wollte. Er bewarb sich und es dauerte keine zwei Wochen als er eine Antwort bekam, er wurde an der Schule angenommen und das freute Elias.

Nun ging es darum die restliche Zeit in der Schule noch durchzustehen und dies war keine einfache Aufgabe, die Lehrer wurden gefühlt immer strenger und jeglichen Fehltritt den Elias sich leistete, ließen sie ihn sofort spüren, zum Lachen gab es jetzt wirklich nicht mehr viel für Elias, was es für ihn nur noch schwerer machte, er hatte sowieso schon Schwierigkeiten in den meisten Fächern und Elias wusste genau das Mathematik sein größtes Problem werden würde.

Mathematik:

In Mathematik konnte Elias wirklich niemand mehr helfen, er konnte üben und lernen wie er wollte, er hatte es einfach nie verstanden. Sein bester Freund Lars biss sich auch schon die Zähne an Elias aus. Elias hatte in Mathematik zwei Lehrer zum einen seine Klassenlehrerin und den Schulkonrektor, Elias hatte immer das Gefühl das der Schulkonrektor ihn wirklich mochte und er versuchte wirklich immer Elias zu pushen und ihm weiter helfen zu können.

In Mathematik waren es die kleinen Schritte für Elias die ihn aufbauten und er verlangte auch nie von sich zu viel, er war froh darüber das er einen Taschenrechner und eine Formelsammlung bei sich hatte, aber selbst die Formelsammlung verstand er nicht.

Bei jeder Schulaufgabe bei der Elias eine Vier schrieb war er glücklich denn mehr ging einfach wirklich nicht.

Die Mathematikstunden wurden sogar erhöht, Elias wusste gar nicht das dies funktionierte aber seine Lehrer entschieden das für die ganze Klasse und natürlich freute sich darüber keiner, außer einer Johann der Super Nerd, das ist einer von der Sorte die bei einer Zwei geheult hatten, solche „Dödel" sagte sich Elias. Er wusste aber auch das es ohne Mathematik nicht zu einem Abschluss kommen würde deswegen biss er die Zähne zusammen und versuchte immer sein bestes.

Deutsch:

Deutsch war eigentlich immer kein Problem für Elias, er las privat gerne Bücher und schrieb auch gerne mal Briefe, er fing ab der fünften Klasse an sehr auf Rechtschreibung zu achten.

Das alles verhalf ihm immer wieder zu guten Noten im Deutsch Unterricht, er konnte Präsentationen wie ein Lehrer Vortragen, er könnte wenn er wollte über mehrere Stunden reden wenn es ein Thema war das ihn interessierte, er erzählte so Informativ und Sprachlich war er sehr weit. Er war immer einer besten an der Schule wenn es darum ging sich Artikulieren zu können. Ähnlich war es bei seinen Buchbesprechungen er las so gut und immer fehlerfrei vor, er wusste genau wie er welche Textpassage betonen musste, wo er eine Pause einlegen oder wo er die Zuhörer in sein Bann ziehen konnte. In der Schule wurde er zum besten „Vorleser" gewählt, er machte sich daraus aber nicht viel und eine Einladung zum Bundesweiten Vorlesewettbewerb schloss er ebenfalls aus, darauf hatte er immer keine Lust.

Sachtexte zu analysieren lag ihm besonders gut, er konnte jede Aufgabe fast perfekt lösen und beschreiben, er hatte immer endlos viele Seiten schreiben können.

Soziales:

Im Sozi Unterricht war Elias der einzige Junge aber das störte ihn nicht er verstand sich mit allen Mädels aus seiner Klasse gut aber der Unterricht war wirklich zum Vergessen, jede Woche kochten sie die aufwendigsten Gerichte und über soziale Berufe lernten sie so gut wie gar nichts. Im vorigen Jahr hatte Elias noch eine etwas Ältere Lehrerin, sie mochte Elias und sah wie er sich immer im Unterricht anstrengte. Elias hasste zwar das Kochen aber aus welchen Gründen auch immer konnte er es irgendwie.

In seinem Abschlussjahr bekam er eine neue Lehrerin da seine alte Lehrerin in den Ruhestand ging, sie war jung, wunderschön und hatte einen riesigen Hintern, so schön sie von außen anzusehen war, umso furchtbarer war sie als Mensch, sie konnte Elias überhaupt nicht Leiden, richtige Gründe dafür gab es nicht. Er hatte immer seine Aufgaben sorgfältig erledigt und war nie negativ auffällig im Unterricht geworden. Seine Lehrerin behandelte Elias schon ungerecht und das fiel den Mädels aus seiner Klasse ebenfalls auf aber Elias schluckte diese bittere Pille und machte einfach genauso weiter und das machte er überaus gut.

Sport:

Elias liebte den Sportunterricht, egal um welche Sportart es ging er war immer einer der besten. Jährlich gab es ein Fußballschulturnier, seine Klasse war mit Elias immer eine der besten an seiner Schule, nur selten war ihre Endstation der ältere Jahrgang, aber selbst gegen die haben sie sich oft gut zeigen können und immer wieder mal für eine Überraschung sorgen können. Die Turnhalle die eine Tribüne hatte auf der Platz für die ganze Schule war, feuerte immer die Klasse von Elias an. Er hätte sich gewünscht das, das Schulturniere öfters im Jahr stattgefunden hätte, das Highlight waren dennoch immer die Turniere bei denen man gegen die anderen Schule aus der ganzen Stadt antreten musste, das war eine super coole Erfahrung für Elias wobei es gegen die anderen Schulen nicht immer so einfach war. Einmal im Jahr gab es auch die Bundesjugendspiele bei denen man sein können in Leichtathletik unter Beweis setzen musste und auch bei diesen Disziplinen war Elias oftmals einer unter den Besten an der gesamten Schule. Seine Lieblings Disziplin war immer der einhundert Meter Sprint, es gab keinen Schüler der Elias einholen konnte, er lief beträchtliche Zeiten, fast schon Olympia reif, es kam auch dazu das er eingeladen wurde an Bundesweiten Wettbewerben teilnehmen zu können, aber auch hier hatte er daran kein Interesse. Seine größte Errungenschaft war ein offizielles Sportabzeichen von der DOSB (Deutscher Olympischer Sport Bund).

Geschichte:

Der Geschichtsunterricht war für Elias ein sehr interessantes und spannendes Fach, er hatte eine große Begeisterung gegenüber Geschichtlichen Ereignissen. Ihm machte es viel Spaß sich aktiv am Unterricht einzubringen, er hinterfragte auch gerne. Obwohl Elias in der achten Klasse das Thema „Zweiter Weltkrieg" schon fast über beide Ohren raus hing, hörte er dennoch gerne aufmerksam zu und erfuhr sehr viel aus dieser zeitlichen Spanne.

Der Geschichtsunterricht bestand auch zu einem anderen Teil aus Erdkunde und in Erdkunde war Elias hervorragend, er kannte gefühlt jede Flagge, das dazugehörige Land und die Hauptstand davon. Ihm gefielen auch immer die Hefteinträge die sie machen mussten denn die Gestaltung war ihnen immer selbst überlassen und er gestaltete sie immer sehr detailliert und fast schon mit Leidenschaft.

Dies sind nun eben die fünf Fächer in denen Elias seine Abschlussprüfungen absolvieren musste. Leider lies Elias die Schule immer wieder schleifen, zu Hause tat er so gut wie gar nichts für die Schule und das merkte er an seinen Noten, sie waren zwar nicht schlecht aber auch nicht sonderlich gut. Er war ein „Durchschnittsschüler" und das lag an seiner „Faulheit"? Das Rezept für gute Noten war eine gute Kombination zwischen im Unterricht aufmerksam zuzuhören und es zu Hause zu Lernen, das wusste auch Elias, ihm war das aber relativ egal und meist sah er die Konsequenz wenn es bereits zu spät dafür war und er an der Schulaufgaben Rückgabe eine Vier in die Hand gedrückt bekommen hatte. (Eine 4 ist doch Ausreichend, stand immer im Zeugnis), dachte sich Elias.

Seine Mutter war nie sauer darüber wenn er eine schlechte Note mit nach Hause brachte, sie war eher enttäuscht, sie schrie ihn auch nicht an und das würde auch nichts bringen und das war auch richtig so. Sie ermutigte ihn lieber mit warmen Worten und versuchte ihn darum zu bitten an sich zu Denken, immerhin ging es um seine Schulnoten und nicht um die seiner Mutter.

Stress, Stress und noch mehr Stress stand an, es folgte eine Schulaufgabe nach der nächsten, Elias lernte bis sein Kopf glühte, unter dem Strich war es zu viel und das war es nicht nur für Elias, seiner ganzen Klasse ging es so. Die Lehrer trieben die Schüler an den Rand des Wahnsinns, (was wollen sie damit erreichen?) dachte sich Elias.

Ihm war bewusst das man auf die Abschlussprüfungen bestens vorbereitet werden müsse, aber das erreicht man doch nicht mit unzähligen Schulaufgaben. Elias Schultasche war kurz vor dem Platzen sie war so voll das er sie teilweise nicht mehr richtig zubekam. Hefte und Bücher er sah nichts anderes mehr, sein Problem, daheim öffnete er so gut wie nie seine Schultasche. Er verließ sich allein darauf was er aus dem Unterricht mitgenommen hatte. (Ob das dumm ist? AUF JEDEN FALL)

Die Schüler bekamen kurz vor den Prüfungen einen Noten Durchschnitt ihrer bisherigen Noten zusammen mit den Noten die sie in den Abschlussprüfungen schreiben würden, erschließt sich dann der Endschnitt und darüber ob sie bestanden hätten oder nicht.

Elias Vorzensuren waren leider nicht allzu gut.

Mathe: 4

Deutsch: 3

Sport: 1

Soziales: 4

Geschichte: 3

Am meisten ärgerte Elias die Note vier im Fach Soziales und darüber waren auch seine anderen Schüler entsetzt gewesen. Das Problem, seine Sozi Lehrerin konnte ihn überhaupt nicht ausstehen und somit zahlte sie ihm das Heim. (Blöde Kuh) dachte er sich.

Er ging zu seiner Sozi Lehrerin und hinterfragte diese Note, sie lächelte ihn an und sagte nur „selber Schuld".

Elias wollte sich nicht aufregen und seine Situation nicht verschlimmern, immerhin wäre sie bei seiner Sozi Prüfung anwesend und wird ihn benoten deshalb verließ er das Gespräch ohne ein weiteres Wort.

Den Schülern wurde nun mitgeteilt an welchen Tagen die Prüfungen stattfinden,

Erste Woche:

Montag-Freitag Sozi Projekt

Zweite Woche:

Montag: Mathematik

Dienstag: Deutsch

Mittwoch: Sport

Donnerstag: Geschichte

Die Prüfungen fingen also mit der Projektwoche an, das bedeute entweder Sozi, Technik oder Wirtschaft je nachdem was der jeweilige Schüler gewählt hatte.

Johann war der einzige Dödel der Wirtschaft gewählt hatte, komischer Typ.

Die Sozi Projektwoche fing an, es wurden jeweils drei Schüler zufällig in eine Gruppe gelost, Elias hatte zwei gute Mädchen bei sich in der Gruppe. Als nächstes wurde das Koch Thema enthüllt, es war „Italienische Küche" und zum Schluss gab es noch ein Thema worüber sie eine Präsentation am Ende der Woche vorstellen mussten zusätzlich einer detaillierten Projektmappe über die ganze Projektwoche.

Elias und die zwei anderen Mädels wurden sich schnell einig was sie zubereiten wollten, sie suchten sich Rezepte heraus die sie dann Abends zu Hause kochten um es zu üben. Elias übernahm die technischen Aufgaben am Computer dazu zählte die Gestaltung der Projektmappe und Recherche für ihre Präsentation, ihr Thema war „Bulimie" absolut komisch und unpassend empfand Elias aber naja da mussten sie durch. Für die drei lief alles perfekt, sie waren bestens vorbereitet und so konnten die drei am Mittwoch beruhigt in die Prüfung gehen. Elias Gruppe kochte fast perfekt sie waren knapp zwei Stunden damit beschäftigt zu Kochen, währenddessen wurde der Tisch noch dekoriert und eine selbsterstellte Menükarte auf den Tisch bereitgestellt. Die drei richteten ihr Menü an, die „Jury" bestand aus der Sozi Lehrerin und Elias Klassenlehrerin und darüber war er froh sie mochte nämlich Elias. Sie war begeistert über das Gericht das er kochte und dadurch bekam er eine gute Bewertung, seine Sozi Lehrerin bemängelte nämlich schon wieder alles an Elias, aber er zum Glück war da seine Klassenlehrerin die dazwischen grätsche und Elias vor einer unfairen und schlechten Note bewahrte.

Am Freitag stand die Präsentation und die Abgabe der Projektmappe an, die Präsentation lief perfekt nur leider wurden die drei nicht einzeln bewertet sondern als Gruppe und das eine Mädchen aus Elias Gruppe hatte einen kleinen Patzer während der Präsentation. Die

Projektmappe war quasi perfekt und Elias ging mit einem unglaublich guten Gefühl in die Notenübergabe. Die Verkündung, es wurde eine zwei, der Grund die Sozi Lehrerin bemängelte den Fehler in der Präsentation und bewertete automatisch die ganze Gruppe eine Note schlechter. Das beunruhigte Elias im ersten Moment nicht eine zwei war trotzdem eine gute Note.

Es kam das Wochenende in dem Wissen das am Montag die Mathematik Prüfung anstand, Elias versuchte auf einmal aus Panik heraus sich das ganze Wissen in den Kopf zu Prügeln aber ohne Erfolg, er verunsicherte sich nur noch mehr dadurch.

Montag, Elias war noch nie so aufgeregt als er in die Schule ging um ihn herum die ganzen Schüler die kurz vor einem Nervenzusammenbruch standen und sich davor noch verzweifelt ihre Mathe Bücher ansahen. Elias ging in die Turnhalle, dort waren alle Tische aufgestellt, mit reichlich Abstand das man erst gar nicht auf die Idee kam zum Nachbarn zu schauen. Die Schüler mussten ihre Handys abgeben, würde eines am Platz klingeln wäre die Prüfungen sofort für die Person beendet gewesen und mit der Note sechs bewertet worden, deswegen riskierte es Elias erst gar nicht und gab es ab. Er zog sich eine Platznummer, er hatte die vierundzwanzig gezogen, sein bester Freund natürlich die Nummer fünfundzwanzig, es war ja klar das die beiden nebeneinander saßen, sie machten sich kurz zuvor noch über ihre Platznummern lustig da sie aus der SpongeBob Schwammkopf Serie an die Szene denken mussten, da saßen ebenfalls die zwei besten Freunde SpongeBob und Patrick nebeneinander und erzählten sich wie lustig die Zahl vierundzwanzig wäre und wie viel lustiger doch die Zahl fünfundzwanzig war.

Die Prüfung begann, die Schüler hatten neunzig Minuten Zeit, Elias blätterte die Aufgaben um und auf einmal BLACKOUT. Für wenige Sekunden war ihm wirklich kurz schwarz vor den Augen geworden, er raffte sich wieder und begann die Aufgaben einmal kurz zu überfliegen und für sich die leichteste zu finden mit der er beginnen wollte.

Er fing an, zusammen mit seinem Taschenrechner und seiner Formelsammlung, die er Jahre zuvor von seinem Bruder bekommen hatte. Elias bearbeitete fast jede Aufgabe, er war sich dennoch nicht immer zu einhundert Prozent sicher ob sie richtig waren, aber er hatte lieber ein Ergebnis dort stehen als gar keins. Die Zeit der Prüfung verging so schnell und Elias hoffte einfach auf die Note drei mehr wollte er nicht, eine drei wäre das Beste für ihn. Beim Verlassen der Turnhalle holte er sich sein Handy und ging nach Hause, für Deutsch brauchte Elias tatsächlich nicht viel Lernen er sah sich nur ein paar unterschiedliche Sachtexte an aber mehr auch nicht.

Dienstag, Elias ging wieder Richtung Turnhalle und an diesem Morgen waren die Schüler nicht so beängstigt wie einen Tag zuvor. Die Schüler gaben wieder ihre Handys ab und zogen ihre Platznummer, dieses Mal saßen Elias und Lars komplett unterschiedlich, Elias saß ganz weit hinten auf der rechten Seite und Lars sehr weit vorne auf der linken Seite.

Die Prüfung begann, sie hatten einhundertzwanzig Minuten Zeit, Elias drehte den Sachtext um und las ihn einmal Schnell, danach sah er sich die Aufgaben an und dann machte er sich darüber die Aufgaben zu bearbeiten, er tat sich so leicht und konnte alle Aufgaben wirklich gut bearbeiten, er hatte sehr viel geschrieben und benötigte sogar nochmal extra Papier, am Ende blieb ihm genügend Zeit nochmals sein Geschriebenes mit dem Duden zu korrigieren, den Duden bekam er ebenfalls vor einigen Jahren von seinem Bruder. Die Prüfung war vorbei und Elias war sehr entspannt was Deutsch anging.

Mittwoch, nun stand Sport an, für die Sport Abschlussprüfung muss man tatsächlich mehr machen als Elias annahm. Es kam ein Theoretischer Teil und der praktische Teil in denen musste er Leichtathletik Disziplinen und eine bestimmte Sportart bewältigen.

Elias bekam zwei Monate vor der Abschlussprüfung ein über einhundert seitiges Skript, in dem alle bekannten Sportarten samt Regelwerk vermerkt waren, zusätzlich noch ein Teil in dem Gesundheit und Fairness die Themen waren. Elias lernte dieses Skript auswendig das fiel ihm auch leicht, immerhin liebt er Sport, zu seinem Glück kannte er sich auch in fast jeder Sportart hervorragend aus, er spielte nicht nur Fußball, sondern auch Basketball sehr gerne, Handball und etwas Volleyball. Die Regeln auswendig zu lernen war für Elias überhaupt kein Problem und die zwei anderen Themen Gesundheit und Fairness waren ebenfalls easy für ihn.

Die Theoretische Prüfung schrieben sie in der Schulmensa, es waren knapp 20 Schüler die sich für die Sportliche Prüfung angemeldet hatten, alles Jungs, es war kein einziges Mädchen dabei gewesen, sie hatten eher Religion oder Kunst als Abschlussprüfung gewählt.

Die Prüfung begann, für die theoretische Prüfung hatten sie sechzig Minuten Zeit und das reichte auch vollkommen aus, die Prüfung war relativ einfach, es gab einen Teil zum Ankreuzen und danach waren die Sportarten Fragen dran die dann ausführlicher in Sätzen beantwortet werden mussten. Die Zeit war vorbei und Elias war überaus zufrieden mit seiner Arbeit, er hatte keine großen Fehler in seiner Prüfung geschrieben.

Nach dem schriftlichen Teil hatten die Jungs eine einstündige Pause, danach mussten sie sich pünktlich um 10 Uhr an dem Sportplatz, umgezogen und startfertig bereithalten. Elias und seine Kumpels fuhren direkt mit dem Bus zu der nahegelegenen Schule denn dort fand die Sportliche Prüfung statt da seine Schule keine Laufbahn hatte und die andere schon.

Er zog sich gelassen um, schaute sich die Platzverhältnisse an und unterzog sich auch einer Prüfung des Fußballplatztes ob der Rasen in einem guten Zustand war und ob er eventuell vom Regen etwas tiefer wurde, aber alles war in Ordnung. Das Wetter spielte auch gut mit es war nicht zu warm nicht zu kalt und es war bewölkt, perfektes Wetter um Sport zu machen.

Alle Jungs waren pünktlich um 10 Uhr am Sportplatz angelangt, die Lehrer erklärten noch einmal den Ablauf bevor es losging. Sie würden mit Weitsprung anfangen, danach folgte der Weitwurf, dann der einhundert Meter Sprint, dann würde der eintausend Meter Ausdauerlauf kommen und zum Schluss kam das Fußballspiel.

Kurz vor dem Beginn machte sich Elias warm, er hatte sein ganz eigenes Aufwärmprogramm das er auch meist vor seinen Fußballspielen machte, er lief fünf lockere 40 Meter Strecken auf und ab, danach machte er vier schnelle mittelschnelle Sprints und danach zwei Sprints mit einhundert Prozent Leistung, er lief eine lange 50 Meter Strecke locker aus und machte sich an seine Dehnübungen. Elias war mehr als Bereit für die Disziplinen, sie hatten zwei Probeläufe für den Weitsprung und die brauchte Elias auch um ein Gefühl zu bekommen im richtigen Moment vom Brett abzuspringen. Elias setzte sich als Ziel mehr als 4,30 Meter zu springen denn dies war auch die Marke für die Note eins. Direkt in seinem ersten Versuch übertraf er diese Marke deutlich er sprang 4,87 Meter obwohl er damit nicht wirklich zufrieden war und er selber ein paar Schwächen in seinem Sprung sah. Elias war so ehrgeizig an diesem Tag und das half ihm. In seinem zweiten Versuch klappte einfach alles, er sprang beträchtliche 5,04 Meter nun war er auch stolz auf sich selber und trat zum dritten Sprung gar nicht erst an. Es gab nur einen Jungen der besser war, aber der sprang auch wie ein Hase das war unglaublich, er sprang ganze 5,25 Meter das war unglaublich selbst nur beim Zusehen. Die nächste Disziplin kam und Elias wusste das er im Weitwurf nicht der stärkste war, um die Note eins zu erreichen benötigte man 82 Meter, Elias warf meistens nur 75 Meter.

Er machte sich an seinen ersten Wurf, den vermasselte er komplett, nur knapp 61 Meter warf er.

Der zweite Wurf war deutlich besser er verbesserte seinen Wurf um ganze 10 Meter und warf 71 Meter. Der dritte und letzte Wurf für Elias, er packte seine ganze Kraft in den Arm, er lief an und schmiss für ihn beachtliche 79 Meter, er wusste das er in dieser Disziplin keine eins bekommen würde aber er war dennoch zufrieden immerhin übertraf er seinen persönlichen Rekord und sein Wurf ergab die Note zwei. Die dritte Disziplin, der einhundert Meter Sprint. Elias machte sich gar keine Gedanken, vor einigen Jahren war seine beste Zeit auf einhundert Meter 10,74 Sekunden. Für die Note eins hätte er sogar nur 13,50 Sekunden gebraucht also gar kein Problem für ihn, er machte sich bereit und ging in Starposition, manche Schüler waren in ihrer Startposition im Stand gewesen was Elias immer als eher Lachhaft ansah das war die schlechteste Variante für einen einhundert Meter Sprint. Er ging herunter auf das linke Knie und den rechten Fuß nach hinten, Elias war in seinem Tunnel und im absoluten Fokus.

Der Lehrer gab das erste Signal,

„Auf die Plätze".

Seine Hände waren auf der markierten Linie abgestützt er war perfekt in Position.

Der Lehrer gab das zweite Signal,

„Fertig". Elias erhob sich in seine Startbewegung.

Die Lehrer die an der Ziellinie die Zeit messen erteilten das Kommando für „Los" mit einem Schussgeräusch.

„Peng"

Elias lief im perfekten Timing Los und schon nach 20 Metern war keiner mehr auf seiner Höhe. Er rannte in das Ziel mit einer Zeit von 11,22 Sekunden. Er erkundigte sich nach seiner Zeit und war erst enttäuscht er hatte sich besser eingeschätzt aber die Enttäuschung hielt nicht lange denn er wusste er hatte die Note eins im einhundert Meter Sprint.

Die Schüler machten eine zwanzig minütige Pause bevor es zum eintausend Meter Ausdauerlauf kam.

Die Jungs wurden in zwei Gruppen aufgeteilt für den eintausend Meter Ausdauerlauf, Elias ging freiwillig in die erste Gruppe, er wusste das seine Ausdauer nicht die Beste war und wollte es einfach hinter sich bringen. Für die Note eins hätte Elias eine Zeit von 3,40 Minuten gebraucht. Der Lauf ging Los und Elias lief die erste Runde mit mittelschnellen Tempo, er fühlte sich gut und gab zum Ende noch einmal alles und sprintete in das Ziel dennoch die Zeit von Elias war 4,07 Minuten, das reichte aber immerhin für die Note zwei und damit war er durchaus zufrieden.

Es kam zum Schluss der Sport Abschlussprüfung denn jetzt stand das Fußballspiel an, die Jungs wurden von den Lehrern in zwei Mannschaften aufgeteilt, Elias hatte etwas Pech mit seiner Mannschaft, das störte ihn aber nur kurz, er musste sich in erster Linie auf sich selber konzentrieren. Ihm war klar das die Lehrer auf Einzelleistung aber auch auf die Teamleistung achten würden, aber so gut der Tag für Elias lief so fiel das leider etwas bei dem Fußballspiel ab, er spielte nicht schlecht aber auch nicht perfekt es war „OK". Er setzte seine Mitspieler gut in Szene, hatte kein Ball verloren und keinen Fehlpass gespielt, er schoss nur ein einziges Tor und am Ende verlor seine Mannschaft unglücklich.

Seine Note für das Fußballspiel war eine zwei und das konnte er auch verstehen und er wusste es war nicht sein bester Tag wenn es um Fußball ging. Die Sport Abschlussprüfung war damit beendet, Elias und einige Kumpels gingen noch einmal zurück an ihre Schule und fragten die Mädchen wie es bei ihren Prüfungen gelaufen sei. Keine einzige hatte negativ über ihre Prüfungen gesprochen. Nun war Elias tatsächlich etwas schlapp nach dem für ihn anstrengenden Tag.

Er fuhr mit dem Bus nach Hause, duschte sich und lag sich dann zum Entspannen in sein Bett, er steckte sich seine Kopfhörer in die Ohren und dachte noch einmal über den Tag nach und allgemein dachte er über alle Abschluss Prüfungen nach und er hoffte einfach das er diese bestehen würde. An diesem Abend hatte Elias nicht wirklich noch Kraft und Lust für Geschichte zu lernen, er überflog nur kurz für eine halbe Stunde seine Geschichtshefte und mehr tat er dann auch nicht mehr.

Donnerstag, die Abschlussprüfung stand an und Elias war einerseits erleichtert das es nun bald vorbei ist, auf der anderen Seite plagt ihn diese Ungewissheit ob er überhaupt bestehen würde.

Elias ging Richtung Turnhalle denn dort würde auch die letzte Abschlussprüfung stattfinden, er gab wieder sein Handy ab, zog sich eine Tischnummer und setzte sich. Die Turnhalle war nur halb voll, denn nicht alle Schüler wählten Geschichte als Prüfungsfach. Elias saß ziemlich genau mittig, um ihn viele leere Tische aber so hatte er wenigstens keine Ablenkmöglichkeit. Die Prüfung begann, die Schüler hatten 60 Minuten Zeit.

Elias viel schnell auf das er sich besser vorbereiten hätte müssen aber dennoch konnte er das meiste problemlos lösen dank seinem guten Allgemeinwissen und was er alles im Unterricht aufschnappen konnte. Fast schon kraftlos und erschöpft beantwortete er die Fragen aber er zog es durch bis zum Schluss. Die Zeit war vorbei, Elias gab seine Arbeit ab, nahm sich sein Handy und fuhr direkt nach Hause, sie mussten immerhin an ihren Prüfungstagen nicht nochmal in den Unterricht das war eine Erleichterung für alle Schüler.

Elias stieg in den Bus, steckte seine Kopfhörer in die Ohren und nun fing das Nachdenken an, er machte sich quasi den Kopf kaputt mit seinen Gedanken, er hoffte einfach Bestanden zu haben. Zu Hause wurden seine Gedanken nicht besser, er wusste das die Schüler am darauffolgenden Tag die endgültigen Ergebnisse bekommen würden, er hatte einerseits ein gutes aber auf der anderen Seite ein schlechtes Gefühl, er konnte seine Situation überhaupt nicht einschätzen. Seine Mutter ermutigte ihn die ganze Zeit „Du hast bestimmt Bestanden".

Die Nacht von Donnerstag auf Freitag konnte Elias überhaupt nicht gut schlafen, wie auch mit so einem Klotz an Gedanken in seinem Kopf.

Freitagmorgen, Elias Wecker klingelte wie immer um 6:30 Uhr, er hatte wenn es Hoch kommt zwei Stunden geschlafen, er zog sich seine Unterwäsche, eine Blaue Jeans, ein schwarzes T-Shirt und eine schwarze dünne Stoffjacke an. Er ging aus der Wohnung, zog sich seine weißen Turnschuhe an und lief zum Bus, an der

Bushaltestelle musste er sich die Fragen der nervenden Kinder stellen,

„Wie waren deine Prüfungen?, Waren die Prüfungen schwer?, Denkst du, du hast deine Prüfungen bestanden?".

WOW war Elias angepisst und wollte einfach nur seine Ruhe.

Er beantwortete die Fragen genervt und knapp,

„Gut, Ne und Denk schon".

An der Schule angekommen wartete wie immer sein bester Freund Lars auf Elias, sie begrüßten sich eher angespannt wobei Lars nicht so angespannt sein musste wie Elias, denn Lars hatte bessere Vorzensuren als er.

Sie gingen in das Klassenzimmer alle Schüler saßen schon brav auf ihren Plätzen und jedem einzelnen sah man die Anspannung in ihren Gesichtern an.

Die Klassenlehrerin und der Schulkonrektor kamen in die Klasse und begrüßten die Schüler mit einem Normal klingenden „Guten Morgen",

die Klasse erwiderte im Chor „Guten Morgen".

Die beiden Lehrkräfte erzählten den Schülern das sie jetzt einzeln nach der Reihe vor die Tür gerufen werden um ihre Prüfungsergebnisse zu erfahren. Der Schulkonrektor fügte noch hinzu bevor sie mit der Ergebnisvergabe anfingen, das es zwei Schüler nicht geschafft hatten und ab diesem Moment sprang Elias fast das Herz aus der Brust, auf einmal sahen sich alle Schüler mit einem fragenden Blick um und überlegten wohl wen es treffen würde, jeder sprach sich gegenseitig Mut zu.

Die Vergabe fing an, Elias war tatsächlich der letzte, es ging nach der Reihenfolge der Nachnamen und Elias Nachname fängt mit „W" an.

Einer der ersten Schüler die ihre Vergabe bekommen hatten war Elias bester Freund Lars, er wurde herausgerufen und kam keine zehn Sekunden später wieder lächelnd herein, Elias nahm Lars in dem Arm und gratulierte ihm und freute sich natürlich für seinen besten Freund.

Die Hälfte der Klasse war bereits durch und alle hatten zu diesem Zeitpunkt bestanden, dann kam ein Junge dran, es war Johannes der mit der ersten schlechten Nachricht kam, seine Noten waren sogar so ultimativ schlecht das er nicht mal den normalen Abschluss schaffte, er hatte somit gar keinen Abschluss und das war schon Hart.

Es waren nur noch zwei Schüler übrig, Damien und Elias beide hatten immer ähnliche Noten geschrieben und sogar ähnliche Vorzensuren gehabt.

Die Blicke von den ganzen Schülern waren auf einmal nur noch auf Damien und Elias gerichtet, beide zitterten vor Angst, Elias wurde sogar etwas schlecht.

Damien wurde gerufen, er war lange vor der Tür gestanden und als er hereinkam, sah Elias ihm sofort ins Gesicht und musste zu Erkenntnis nehmen das Damien bestanden hatte und er nicht, denn Damien lächelte etwas. Elias war nun an der Reihe und wusste bereits was auf ihn zukommen würde, seine Lehrerin sagte ihm,

„Es tut mir Leid Elias du hast es knapp nicht geschafft, du hast am Montag die Möglichkeit in die mündliche Nachprüfung zugehen."

Elias antwortete nur mit einem „Enttäuschten Nicken".

Er ging herein und plötzlich waren alle Mitschüler für ihn da um Trost zu spenden an ihm ging das aber absolut vorbei, er war absolut in einem Loch, um ihn herum nur Schwarz weit und breit nichts zu sehen, seine Mitschüler versuchten ihn mit Worten aufzumuntern,

„Komm Junge du packst das".

Elias wurde zusätzlich noch gesagt das er in Mathematik und Deutsch jeweils eine mündliche Nachprüfung absolvieren müsse, er wusste überhaupt nicht was ihn da erwartet.

Zuhause berichtet Elias seiner Mutter von der schlechten Nachricht, aber anstatt das sie sauer oder enttäuscht reagierte sagte sie nur,

„Alles gut Elias mach dich nicht verrückt am Montag schaffst du es, ich bin stolz auf dich und ich hab dich lieb".

Elias antwortete kühl,

„Danke Mama, ich hab dich auch Lieb".

Elias versuchte am Wochenende noch einmal alles und lernte richtig fleißig, er wusste nun das er jeweils in Deutsch und Mathematik eine Aufgabe bekommen würde, er dafür fünfzehn Minuten Bearbeitungszeit hat und diese dann seinen Lehrer vorstellen muss.

Elias wusste auch welche Noten er in den mündlichen Nachprüfungen erreichen musste, in Mathematik war es die Note drei und in dem Fach Deutsch eine zwei.

Am Montag ging Elias sehr aufgeregt in die Schule und war auch sehr Nervös, er wusste nicht wann er das letzte Mal so Nervös und unsicher war wie in diesem Moment.

Elias traf an diesem Morgen nicht auf seinen besten Freund Lars denn die Klasse von Elias hatte „Normalen Unterricht" besser gesagt sie durften sich Filme anschauen, für sie war die Schule ja beendet und mussten dadurch keinen Unterricht mehr machen. Elias kam später in die Schule da sein Termin für die erste Prüfung um 9.30 Uhr war und das war Mathematik.

Elias war zehn Minuten vor Beginn der Prüfung dort, seine Klassenlehrerin und ein anderer Lehrer der eine Jahrgangsstufe unterrichte kamen zu ihm. Der Lehrer war immer unter einen der strengsten Lehrer bekannt, er war sehr diszipliniert, Elias hatte nur ein Unterrichtsfach bei ihm gehabt und das war Sport.

Elias setzte sich in das freie Klassenzimmer, bekam seine Aufgabe und dann lief die Zeit, er hatte fünfzehn Minuten um die Matheaufgabe richtig zu lösen mit dem richtigen Rechenweg.

Die fünfzehn Minuten waren vorbei, die beiden Lehrer kamen in das Klassenzimmer und Elias positionierte sich vorne an die Tafel, nun war er quasi der Lehrer und seine Lehrer die Schüler, Elias fing an und war sich relativ sicher in dem was er tat und das kam nicht oft vor wenn es um Mathematik ging, er präsentierte die Aufgabe, schrieb an die Tafel den Rechenweg und löste die Aufgabe. Das war alles was er tun musste und es dauerte auch nicht lange, kurz haben sich die zwei Lehrer untereinander ausgetauscht und verkündeten sein Ergebnis, es war die Note drei. Elias freute sich innerlich übermäßig er hatte den ersten Schritt geschafft, jetzt müsse er nur noch in Deutsch performen.

Um 10:30 Uhr war es soweit die zweite und letzte mündliche Nachprüfung stand an, er war dieses Mal in einem anderen freien Klassenzimmer gewesen, dieses Mal war wieder seine Klassenlehrerin dabei aber auch seine Sozi Lehrerin die Elias gar nicht leiden konnte und das beunruhigte ihn etwas. Er bekam seine Aufgabe und fünfzehn Minuten Zeit die Aufgaben zu lösen bevor er sie dann seinen zwei Lehrerinnen präsentieren musste. Die fünfzehn Minuten waren vorbei und Elias war sich mehr als sicher dass er es schaffen wird, die Aufgabe konnte er leicht lösen und jetzt ging es nur noch darum es gegenüber der zwei Lehrerinnen richtig zu vermitteln. Elias positionierte sich wieder vorne an der Tafel und die zwei Lehrerinnen saßen vor ihm, er fing an und alles lief perfekt, er erzählte ohne Pause und seine Klassenlehrerin ließ ihn gewähren, bis seine Sozi Lehrerin dazwischen grätsche, sie unterbrach Elias und stellte ihm absolut hirnrissige und nicht für die Aufgabe relevante Fragen, er kam komplett aus dem Konzept und vermasselte die letzten zwei Minuten, die Sozi Lehrerin verunsicherte Elias so sehr das er sich nicht mehr auf seine Aufgabe konzentrieren konnte und eine Fragestellung nicht richtig beantworten konnte. Die mündliche Prüfung war vorbei, Elias ging kurz vor die Tür und die zwei Lehrerinnen besprachen das Ergebnis, Elias war sich sicher dass es trotzdem reichen würde obwohl er am Ende so sehr verunsichert wurde.
Die Lehrerinnen bitten Elias herein und verkündeten das Elias in seiner mündlichen Nachprüfungen im Fach

Deutsch die Note drei erreichte und das hat somit nicht für den Abschluss gereicht, Elias war am Boden zerstört und das nur wegen seiner blöden Sozi Lehrerin, hätte sie ihn die letzten zwei Minuten einfach weiter frei Sprechen lassen wäre er am Ende mit seinem Abschluss dagestanden so hatte er zwar einen Abschluss aber keinen Qualifizierenden Schulabschluss der auf dem Papier natürlich besser aussah.

Elias durfte gehen, seine Klassenlehrerin sprach ihr Mitgefühl für ihn aus und entschuldigte sich. Elias sank den Kopf und lief zu seiner Schulklasse die einen Film ansah, er stand an der Tür und signalisierte das sein bester Freund Lars herauskommen soll, er kam sofort und mit ihm zwei weitere Mädchen, eine davon war Viktoria die mit ihm in der fünften Klasse ein Paar war, sie verstanden sich gut und waren gute Freunde.

Elias setzte sich auf den Boden und erzählt das er es verbockt hat, die drei spendeten ihm Trost, sie richteten ihn vom Boden auf und nahmen Elias zu dritt in den Arm. Elias war den Tränen nahe zum einen aus Traurigkeit zum anderen aus Freude weil er wusste das er so tolle Freunde hatte.

Die drei fragten Elias,

„Willst du noch mit rein kommen und mit uns den Film schauen?"

Elias antwortete,

„Nein ich werde nach Hause gehen, ich möchte etwas Ruhe haben."

Die drei hatten dafür vollkommenes Verständnis und verabschiedeten sich von Elias.

Elias stieg in den nächsten Bus der ihn nach Hause fahren würde, an diesem Tag hatte er nicht einmal Lust Musik zu hören er war sehr Traurig und Enttäuscht von seiner Situation, als er in der Wohnung ankam, fragte seine Mutter ihn,

„Hey wie ist es gelaufen?"

Elias antwortete mit gesenktem Kopf,

„Ich hab es nicht geschafft".

Seine Mutter nahm ihn in den Arm und sagte mit tröstenden Worten,

„Alles gut das ist nicht so schlimm".

Er ging in sein Zimmer und legte sich schlafen.

Für die restliche Schulwoche hatte er sich entschuldigen lassen, er wollte einfach nicht wieder in die Schule, er verbrachte zu Hause seine Zeit vor der Konsole und zockte rund um die Uhr das Ego Shooter Spiel „Call of Duty". Seine Freunde schrieben ihm jeden Tag und erkundigten sich nach Elias aber er antwortete auf keine einzige Nachricht.

Er war immerhin froh das er bereits seinen Ausbildungsplatz sicher hatte und der Abschluss keine Rolle dafür spielen sollte.

Eine Woche später ging er wieder in die Schule, es waren immerhin nur noch drei Wochen die er überstehen musste bis zu den Sommerferien und er wollte noch genügend Zeit mit seinem besten Freund Lars verbringen, denn in der Woche in der er zu Hause blieb wurde ihm klar, dass nach den Sommerferien alles zu Ende war und er seinen besten Freund wahrscheinlich so schnell nicht mehr wiedersehen würde. Lars würde ebenfalls eine Ausbildung anfangen in einer Firma die Kälte und Wärmepumpen herstellte.

Er ging also in die Schule, vor dem Schulhaus wartete niemand auf Elias immerhin wusste Lars auch nicht das er wiederkommen würde, er lief also durch das stumme Schulgebäude bis zu seinem Klassenzimmer, er klopfte sanft dreimal an die Tür und ging hinein, es waren natürlich alle seine Mitschüler bereits in der Klasse er war wie immer der letzte.

Er ging vorsichtig herein und sagte,

„Guten Morgen".

Alle Augen waren auf ihn gerichtet und alle freuten sich Elias wiederzusehen, einer nach dem anderen kam auf ihn zu und nahmen ihn in den Arm, besonders Lars freute sich und hob vor Freude Elias in die Luft, auf einmal kam auch Elias wieder ein kleines Lächeln in die Mundwinkel. Viktoria kam zum Schluss auf ihn zu und nahm ihn fest in den Arm und flüsterte ihm in sein rechtes Ohr,

„Ich freue mich das du wieder da bist".

Die Gesellschaft von Lars munterte Elias direkt auf und lenkte ihn von allem schlechten ab denn auf einmal konnten sie wieder so sein wie sie zuvor waren und machten sich über alles Mögliche lustig und lachten bis ihre Bäuche krampften. Die letzten drei Wochen vergingen wie im Flug und es stand der allerletzte Schultag an, es war der Tag der Zeugnisvergabe, dafür wurde die Turnhalle hergerichtet, alle Schüler brachten ihre ganze Familie mit. Einige Schüler erschienen auch gar nicht zu der Zeugnisvergabe.

Elias zog sich für diesen Abend, eine schwarze Jeans, ein weißes Hemd und ein paar schicke Anzugsschuhe an, seine Mutter und sein großer Bruder Fabian begleiteten ihn zu diesem Abend. Die Zeremonie begann und Elias bester Freund Lars und Viktoria die beide Klassen- und Schulsprecher waren, haben eine tolle Abschlussrede gehalten die unser Klassenleben sehr gut wiederspiegelte, es wurde viel gelacht. Die Schulrektorin durfte auch noch ihre Predigt halten und danach wurden die Schüler einzeln auf die Bühne gerufen um ihr Zeugnis abzuholen, Elias war natürlich wieder der letzte, er ging die Bühne hinauf, schüttelte die Hand von seiner Schulrektorin und wurde von seiner Klassenlehrerin in den Arm genommen, er bekam sein Zeugnis und verschwand wieder von der Bühne, in die Zeugnismappe in dem das Zeugnis drin war sehr er erst als er zu Hause war.

Nun hieß es Abschied nehmen, Elias führte mit jeden seiner Mitschüler die ihm am engsten waren noch ein Gespräch und verabschiedete sich nach und nach. Besonders der Abschied von Viktoria und Lars fiel allen drei nicht leicht. Alle waren den Tränen nahe und sie schworen sich in Kontakt zu bleiben und sich regelmäßig zu treffen.

Elias nahm die beiden in den Arm und verabschiedete sich und somit war die Schulzeit für Elias beendet, das war sie nun die „Glorreiche" Schulzeit von Elias.

Kontakt hielt er nur noch sporadisch mit Lars und Viktoria, gesehen hatten sie sich nur per Zufall. Ab diesem Zeitpunkt wurde aus „Beste Freunde" nur noch „Freunde".

Kapitel 10
Verlust

Es war Ende November im Jahr 2016, das Wetter war eklig geworden, es regnete von Tag zu Tag, die Temperaturen waren unter fünf Grad Celsius und die Sonne sah man so gut wie gar nicht mehr. Elias hasste die Herbst und Winter Monate, er hasste das kalte Wetter und er war auch nicht sonderlich der Typ der Schnee mochte, obwohl er ab und an gerne mal in den Wintermonaten Ski fahren ging. Das Beste an diesen kalten und düsteren Monaten war das er sich in sein Zimmer einsperren und in Ruhe zocken konnte. Ende September kam immer ein neues Fifa Spiel und Anfang November kam ein neuer Call of Duty Teil heraus, er war somit über die kalten Monate sehr gut beschäftigt.

Dieses Mal sollte aber alles anders kommen und er würde seine kalten Monate anders verbringen, was gleich blieb war das die Monate düster bleiben würden.

Er bekam Mitte November einen Anruf von seinem Vater, er meldete sich nie bei Elias, meist nur wenn er etwas von ihm wollte oder um ihm Bescheid zugeben das sein Unterhalt ein paar Tage später kommen würde.

Am Telefon sagte er Elias das sein Opa im Krankenhaus liegt und nicht bei Bewusstsein wäre. Sein Opa hatte einen Schlaganfall haben die Ärzte herausgefunden und er stürzte dabei die Treppe herunter. Er kann selbstständig atmen aber ansprechbar ist er nicht.

Elias war absolut überfordert mit dieser Situation, er sah seinen Opa leider nicht oft, sie wohnten circa eine Stunde auseinander. Im Juni hatte er ihn noch gesehen da hatten sie den neunundsiebzigsten Geburtstag von seinem Opa gefeiert. Zu diesem Zeitpunkt machte er nicht den Eindruck das es ihm sehr schlecht gehen würde aber vielleicht passiert sowas im Alter einfach schneller. Elias liebte seinen Opa, er war immer Lustig und hatte stets einen guten Spruch auf der Zunge, ohne Spaß ging es bei seinem Opa nicht und natürlich ärgerte er manchmal auch Oma gerne.

Sein Opa hatte eine große Leidenschaft und zwar waren es Bücher, sein Büro war voll davon, er sammelte vor allem alte Märchenbücher egal wo man hinsah überall Bücher aber das liebte Elias wenn er in das Büro von seinem Opa ging. Er hatte einen alten Computer auf einem kleinen Schreibtisch stehen den man schnell übersehen konnte bei den Bergen von Büchern, an seinem Computer recherchierte er immer über Bücher und ob er neue finden würde für seine Sammlung. Ganz hinten in seinem Büro stand eine alte Schreibmaschine, als Elias noch kleiner war und seine Schulferien bei seinen Großeltern verbachte, saß er oft an der Schreibmaschine und schrieb meistens Texte aus Büchern ab, so erlernte er das Schreiben und sein Lesen verbesserte er dadurch auch. Elias saß oft mehrere Stunden an der Schreibmaschine es machte ihm riesigen Spaß daran zu schreiben, es war natürlich auch nicht einfach auf einer Schreibmaschine zu schreiben, er musste sich immer gut überlegen wie das nächste Wort geschrieben wird damit er keinen Fehler machen würde.

Besonders aufpassen musste er bei der Taste „A" sie klemmte immer etwas und wenn er zu arg drückte hörte sie nicht auf zu rattern und auf einmal hatte er auf seinem Papier eine ganze Reihe voll mit, „AAAAAAAAAAAAAAAAAAAAA".

Elias erinnerte sich gerne an die Zeit bei seinen Großeltern, sie besuchten sie immer an Ostern, die Geburtstage die seine Großeltern immer zusammen feierten da sie nicht weit auseinander lagen und zu Weihnachten und manchmal in den Schulferien kamen Elias und Fabian für eine Woche bei ihren Großeltern unter.

Die beiden Jungs haben es immer wieder geschafft von ihrer Oma Ärger zu bekommen, sie spielten draußen immer Fußball und schafften es immer die geliebten Blumen ihrer Oma zu zerschießen, wehe ein Ball geht in Omas Beet da würde Oma richtig sauer werden. Elias und Fabian haben das natürlich immer als lustig empfunden wenn mal ein Blumentopf kaputt ging und keiner der beiden scheute sich die Schuld auf den anderen zu schieben. Zuletzt hatte Elias eine Fensterscheibe von dem alten Schuppen kaputt geschossen, die Scheibe wurde bis heute nicht repariert, Elias muss jedes Mal darüber lachen wenn er auf die kaputte Fensterscheibe hinaufblickte. Den Ball hat ihre Oma mittlerweile vor den beiden versteckt und gibt ihn auch nicht mehr heraus, nur noch die kleinen Enkelkinder von ihrer Oma durften damit spielen.

Elias ging auch sehr gerne mit seinem Opa spazieren bis sein Opa nicht mehr so gut laufen konnte und eine Gehhilfe benötigte, aber früher gingen die beiden gerne an einen nahegelegenen See und dort ließen die beiden immer selbstgebaute Boote segeln, sein Opa zeigte Elias nämlich wie man aus kleinen Holzrinden kleine Boote baute und sie gaben sich immer richtig Mühe das es tolle Boote wurden, in der Mitte war immer der große Mast mit einem Segel und manchmal malten sie ihre Boote auch an. Die Erinnerungen an den See war immer sehr schön für Elias, dort konnten sie einfach ihre Boote segeln lassen, waren ganz alleine und die Ruhe war herrlich.

Nun war sein geliebter Opa im Krankenhaus und er wusste nicht ob sein Opa wieder gesund werden würde, er war so traurig und wusste nicht weiter, er wollte unbedingt zu seinem Opa und ihn im Krankenhaus besuchen.

Elias bittet seine Mutter das er mit ihr zu seinem Opa fahren würde und sie machte das selbstverständlich auch, sie mochte den Opa von Elias immer gerne und sie verstanden sich immer gut.

Am selben Abend bekam Elias noch eine Nachricht, die Nachricht kam von einer Frau und er erkannte die Frau auch nicht die auf dem Bild zu sehen war. In ihrer Nachricht schrieb sie,

„Hallo Elias, ich bin Natalie deine große Schwester. Ich habe gerade einen Anruf bekommen das unser Opa im Krankenhaus liegt, ich bin morgen dort und werde ihn besuchen, vielleicht treffen wir uns und dann könnten wir uns endlich einmal kennenlernen."

Elias war absolut überrumpelt von dieser Nachricht und wusste erst gar nicht ob das die Wahrheit oder eine lächerliche Lüge sei. Mit seinem Handy ging er zu seiner

Mutter und zeigte ihr die Nachricht, sie zögerte einen kurzen Moment und dann erzählte sie Elias das es stimmt.

„Ja das ist deine Schwester, sie ist die Tochter von deinem Vater und du hast sogar noch einen weiteren Bruder."

Das war Elias auf einmal alles zu viel, er wusste nicht wo vorne und hinten ist, sein Opa liegt im Krankenhaus und dann erfährt er das er noch eine Schwester und einen weiteren Bruder hatte.

(Was ist hier plötzlich los???) dachte sich Elias.

Er war sehr neugierig seine „Neue" Schwester kennenzulernen immerhin weiß er von dieser Person rein gar nichts, sein Vater hatte nie über seine beiden weiteren Kinder gesprochen. Elias antwortete auf die Nachricht von seiner Schwester,

„Hallo Natalie, ich werde morgen auch Opa besuchen kommen und wir können uns gerne treffen".

Am Nächsten Tag fuhr Elias mit seiner Mutter circa eineinhalbstunden zu dem Krankenhaus in dem sein Opa lag. Dort angekommen wurde die beiden empfangen von seiner Schwester, Elias und Natalie die sich vorher noch nie gesehen und nie ein Wort wechselten nahmen sich in den Arm und Elias hatte direkt so ein Gefühl von Verbundenheit zu ihr, sie war ihm fremd aber auch irgendwie nicht. Natalie war ganze dreizehn Jahre älter als Elias dennoch war Elias ein kleines Stück größer als sie, sie hatte schulterlanges braunes Haar und eine sehr zierliche Figur, sie hatte ein sehr hübsches Gesicht und man sah ihr nicht an das sie bereits achtundzwanzig Jahre alt war.

Elias und Natalie waren froh darüber sich kennenlernen zu können wobei die Umstände keine schönen für sie waren, es war beinahe traurig das etwas schlimmes passieren musste damit die beiden sich kennenlernten.

Elias, seine Mutter und seine Schwester Natalie gingen in das Krankenhaus, fragten am Empfang die Krankenschwester in welchem Zimmer ihr Opa liegen würden. Sie gingen in den zweiten Stock und mussten einige Flure durchqueren bis sie am Zimmer angekommen waren. Neben der Tür war ein Schild an dem der Name von ihrem Opa stand, es stand kein weiterer Name darauf das hinwies das ihr Opa ein Einzelzimmer hatte. Sie betraten leise und vorsichtig das Zimmer und da sah Elias seinen regungslosen Opa im Krankenbett liegen, ihn überkamen sofort die Tränen, er fühlte plötzlich absolute Leere ins sich, Natalie hielt seine linke Hand und seine Mutter seine rechte Hand. Die Ärzte sagten im Vorfeld, das ihr Opa äußerliche Einflüsse wahrnimmt aber nicht reagieren kann. Elias ging an das Bett und nahm die Hand von seinem Opa und mit Tränen in den Augen und zitternder Stimme sagte er,

„Hallo Opa, hier ist Elias, meine Mama ist auch hier."

Elias Mutter ging von der anderen Seite an das Bett, nahm die andere Hand von ihm und sagte,

„Hallo hier ist die Mama von Elias."

Elias sagte,

„Schau mal Opa, ich bin hier mit Natalie, wir haben uns kennengelernt."

Natalie begrüßte auch ihren Opa und sagte,

„Hallo Opa, wir vermissen Dich, hoffentlich wirst du bald wieder fit."

Elias bemerkte das sein Opa gerade wach war und nicht schlief, auf einmal spürte Elias druck von der Hand seines Opas, sein Opa wusste und spürte das Elias bei ihm war und sein Opa machte leise und undeutliche Geräusche als wollte er ihnen etwas sagen, aber es waren nur Geräusche. Elias konnte seine Tränen nicht mehr halten und sie flossen aus seinen Augen wie aus einem Wasserfall. Sein Opa hielt Elias mittlerweile so fest das er seine Hand nicht mehr lösen könnte wenn er es versuchen wollte, aber das wollte er keinesfalls. Elias wollte gar nicht mehr weg von seinem Opa.

Elias war nun knapp eine Stunde bei seinem Opa, er erzählte ihm Geschichten aus seinem Alltag in der Hoffnung das er vielleicht eine Antwort bekommen würde aber das geschah nicht, sein Opa lag einfach nur da, mittlerweile lies auch der Druck von seiner Hand nach, Elias ging davon aus das sein Opa wieder schlafen würde.

Elias Mutter ging langsam von hinten auf Elias zu und flüsterte ihm in sein rechtes Ohr,

„Komm Elias fürs erste müssen wir erstmal wieder gehen, es ist schon spät und wir müssen noch eineinhalb Stunden nach Hause fahren, dein Opa hat sich gefreut das du da warst und wir kommen ihn am Wochenende nochmal besuchen Okay?"

Elias antwortete,

„Ja Okay."

Elias verabschiedete sich von seinem Opa, er nahm ihn sanft in den Arm und gab ihm einen Kuss auf die Stirn. Elias sagte zu seinem Opa,

„Bis Bald, bitte werde wieder gesund, ich hab dich lieb."

Elias, seine Mutter und Natalie verließen das Krankenhaus, an den Autos verabschiedeten sich Elias und Natalie, sie nahmen sich kräftig in den Arm und Natalie sagte zu Elias,

„Wir bleiben in Kontakt Okay?"

Elias antwortete,

„Ja das machen wir."

Elias und seine Mutter stiegen in das Auto und fuhren Los, nach circa zehn Minuten stille im Auto brach Elias zusammen, er fing das Weinen an und schrie, er ließ sich nicht beruhigen, mit dem schreien hörte er schnell wieder auf aber bis sie zuhause angekommen waren weinte er ununterbrochen, er versteckte sich in seinem Beifahrersitz und verhielt sich fast wie ein kleines Kind. Zuhause wurde die Situation nicht besser, er sperrte sich in sein Zimmer ein, lag sich in sein Bett, rollte sich zusammen wie ein Embryo und weinte. In dieser Nacht hatte er keinen Schlaf gefunden, die Gedanken waren nur bei seinem geliebten Opa der gerade in einem Krankenhaus regungslos im Bett lag unwissend ob er jemals wieder aufwachen würde oder irgendwann für immer einschlafen würde.

Die nächsten Tage waren purer Horror für Elias er dachte jede Sekunde an seinen Opa und das unwissende Gefühl wie es ihm gehen würde, fraß ihn innerlich auf. Es war Samstag der 10.12.2016, Elias fuhr gemeinsam mit seiner Mutter und mit seinem großen Bruder Fabian in das Krankenhaus, sie fuhren eineinhalb Stunden nicht mehr und nicht weniger, er war zum Glück auch nicht viel los auf der Autobahn.

Elias wusste das an diesem Tag auch sein Vater und seine Oma kommen würden, als sie am Krankenhaus antrafen, wusste Elias genau den Weg bis zu dem Zimmer in dem sein Opa lag, vor dem Zimmer angekommen traf er auf seinen Vater und seine Oma, er begrüßte beide in dem er sie in den Arm nahm und fragte darauf hin,

„Warum seid ihr nicht bei Opa?"

Seine Oma antwortete,

„Die Ärzte sind noch kurz bei deinem Opa."

Elias und die anderen warteten noch fünfzehn Minuten, die Ärzte kamen heraus und begrüßten uns, sie sagten uns das unser Opa gerade schläft aber wir zu ihm rein könnten.

Sie gingen leise in das Zimmer und sahen ihren Opa daliegen und schlafen, sie wollten einfach bei ihm sein. Elias Opa benötigte genug Ruhe und deshalb unterhielten sich alle flüsternd und keiner kam überhaupt auf die Idee seinen Opa wecken zu wollen.

Elias bemerkte wie sein Vater und seine Oma über etwas sprachen es ging um eine „Patientenverfügung". Elias hörte das Wort zum ersten Mal, aber er bekam von dem

Gespräch immer mehr mit, er hörte heraus das sein Opa aktuell nur noch maschinell am Leben erhalten wird und seine Oma hatte die Entscheidung ob sie ihren Mann weiter am Leben erhalten wollte oder ob sie entschied das die Ärzte die Maschinen abstellten. Zu einer Einigung kam sein Vater und seine Oma nicht, was verständlich ist, niemand möchte über Leben oder Tod entscheiden und gewiss nicht wenn es die Person ist die man am meisten liebt.

Eine Stunde später verließen alle das Zimmer, sie gingen runter an den Empfang, dort gab es eine kleine Kantine an der man sich etwas zu Essen und Trinken besorgen konnte, Elias setzte sich alleine an einen Tisch der am Fenster positioniert war, er hatte eine Wasserflasche in der Hand, essen konnte er nicht und das fiel ihm schon die letzten Tage schwer, mit leeren Blick sah er einfach nur aus dem Fenster hinaus, nach zehn Minuten sah er seine Schwester in Richtung Krankenhaus Eingang hineinlaufen, sie begrüßte alle und setzte sich dann zu Elias Tisch nachdem sie ihn in den Arm genommen hatte und ihm sagte,

„Hi Elias, schön dich zusehen."

Die beiden nutzen die Zeit und erzählten sich gegenseitig von ihrem Leben, sie hätten sich ewig unterhalten können und Elias bemerkte das er jetzt die große Schwester hatte die er sich immer wünschte zusätzlich zu seinem Bruder.

Elias sprach auch kurz seinen anderen Bruder an, er hieß Leon. Er hatte mit ihm noch kein Wort gewechselt, geschweige überhaupt gesehen und Natalie sagte ihm das sich das auch nicht ändern würde, Leon hasst unseren Vater und möchte nichts mit Elias oder Fabian zu tun haben.

Elias war etwas entsetzt darüber aber er konnte daran nichts ändern, immerhin hatte er keine Schuld daran das sie den gleichen Vater hatten aber Elias war froh jetzt seine große Schwester zu haben, sie hatten sich wirklich gerne und verbrachten auch gerne die Zeit zusammen die sie all die Jahre nicht gemeinsam zusammen hatten. Sie schlossen sich ins Herz und das machte beide mehr als glücklich, sie hatte einen kleinen Bruder dazubekommen und Elias eine große Schwester. Ihr Gespräch ging mittlerweile über eine Stunde, die beiden hatten die Zeit total vergessen, Elias Mutter kam auf ihn zu sagte das sie jetzt wieder nach Hause fahren würden, Elias verabschiedete sich von allen und sie fuhren nach Hause. Die nächste Zeit hatten sie leider keine Möglichkeit ihren Opa zu besuchen und am 21.12.2016 bekam Elias einen Anruf von seinem Vater.

Elias Vater sagte ihm,

„Dein Opa ist gestorben."

Elias fing das Weinen am Telefon an, sein Vater versuchte ihn mit Worten zu trösten aber jedes Wort prallte an Elias ab, dies war die erste Erfahrung mit dem Tod einer geliebten Person und er konnte damit überhaupt nicht umgehen. Elias fand keine Worte am Telefon bis er irgendwann einen Satz heraus brachte,

„Das kann alles nicht wahr sein."

Sein Vater versuchte für fünfzehn Minuten Elias zu beruhigen und langsam wurde er etwas ruhiger, sein Vater sagte noch,

„Ich werde dir mitteilen wann die Beerdigung ist wenn
alles geklärt ist."

Das Telefonat war beendet und Elias ging in die Küche
dort war seine Mutter, er sagte ihr,

„Opa ist gestorben."

Ihr kamen die Tränen und nahm Elias in den Arm, er
weinte sich an ihrer Schulter aus und verstand die Welt
nicht mehr.

Seine Mutter sagte zu Elias,

„Dein Opa ist jetzt im Himmel und passt von oben auf
dich auf und er möchte bestimmt nicht das du traurig
bist, du weißt dein Opa hatte dich immer lieb Elias und
du hast ihn genauso lieb."

Diese Worte die Elias von seiner Mutter bekam halfen
ihm und er versuchte die Sicht etwas anders zu sehen, er
dachte sich das sein Opa jetzt nicht mehr leiden müsste
und er jetzt im Himmel sei und es ihm dort gut ging.

Zwei Tage nach dem Tod seines Opas war die
Beerdigung, es hatte geregnet, die Temperaturen waren
bei null Grad Celsius gewesen. Elias und Fabian zogen
sich ihren besten Anzug an den sie hatten. Elias, Fabian
und ihre Mutter fuhren zu der Beerdigung, der Friedhof
an dem ihr Opa beerdigt werden würde war nicht weit
von dem Haus entfernt in dem ihre Oma ab sofort alleine
leben würde, es ging einen steilen Berg hinauf, der Wind
pfiff ihnen in das Gesicht, Elias und Fabian froren aber
sie wollten gut gekleidet sein für ihren Opa und das
waren sie! Oben angekommen war eine kleine und alte
Kirche, bevor sie hineingingen sahen sie das schon
vorbereitete und ausgehobene Grab in der die Urne von

ihrem Opa hineinkommen würde, ihr Opa wurde eingeäschert und somit gab es keinen Sarg. Sie setzten sich in die zweite Reihe in der Kirche, Elias sah sich die Urne an die vorne am Altar stand, es war eine sehr schöne Urne. Der Pfarrer hielt eine schöne Predigt ab und gedenkt noch einmal Herzlich an seinen Opa. Mit den Kirchenglocken zogen die ansässigen und Familienmitglieder aus der Kirche und versammelten sich vor dem leeren Grab, mit ein paar letzten Worten wurde die Urne in das Grab hineingestellt. Elias Oma nahm eine Handvoll Erde und schüttete sie leicht auf die Urne, danach waren die Kinder von Elias Großeltern an der Reihe und nach ihnen gingen Elias, Fabian und Natalie nach vorne, Elias nahm sich eine Handvoll Erde und schüttete sich vorsichtig auf die Urne und flüsterte ein paar letzte Worte,

„Ich werde dich immer vermissen, ich hab dich lieb Opa."

Sie gingen vom Friedhof, danach wurde die Familie von seiner Oma zu einem Essen eingeladen, die Stimmung war mehr als bedrückend und Elias fühlte sich nicht wohl.

Nach dem Essen verabschiedete sich Elias von seiner Familie und sie fuhren nach Hause, im Auto schlief Elias ein, sein Bruder legte eine Decke über ihn weil er so stark gefroren hatte.

Elias bleiben die Erinnerungen, Fotos und ein Video auf dem man die Stimme von seinem Opa hört. Bis heute erinnert sich Elias immer wieder zurück an seinen Opa, sieht sich unter Tränen die Bilder und das Video an und ist Glücklich das er so einen tollen Opa hatte.

Kapitel 11
Ausbildung

Für Elias fing nun die Ausbildung an, zwei Jahre müsste er noch einmal in die Schule gehen und an einem Tag in der Woche hat er Praktikum, das absolvierte er in einem Kindergarten der Nahegelegen zu seinem Wohnort war und lustigerweise ging er dort selber als Kind in den Kindergarten. Aber der Kindergarten war jetzt ganz anders als Früher, vor einigen Jahren gab es dort Nachts einen Brand und der gesamte Kindergarten war niedergebrannt. Er war jetzt vollkommen neu aufgebaut worden und sieht auch komplett anders aus, für Elias ist es etwas schade das quasi seine Kindergarten Vergangenheit so einfach weg war und erneuert wurde aber das ist der Lauf der Natur.

Die Schule in die er gehen musste war nicht in seiner Stadt, sie war eine Stadt weiter und mit dem Bus war er jeden Morgen und jeden Abend jeweils eine Stunde lang unterwegs, es wurden für Elias immer richtig lange Tage.

Der erste Schultag stand an, Elias stand um 5:00 Uhr morgens auf, sein Bus der ihn in die nächste Stadt fahren würde hielt um 6:15 Uhr an seiner Bushaltestelle.

Er zog sich an diesem Morgen, eine schwarze Jeans, ein blaues T-Shirt und eine leichte Stoffjacke an, früh am Morgen war es im September schon etwas kühler gewesen. Er nahm sich seine Schultasche wie immer aus dem Eck in die er sie hingeworfen hatte, mittlerweile lag sie dort über mehrere Wochen rum und war schon etwas von Staub überzogen, mit seiner Hand schlug er den Staub etwas von der Schultasche und dann ging es los, er verließ die Wohnung sperrte hinter sich zu und zog sich seine weißen Turnschuhe an, dann lief er los zu der Bushaltestelle.

Elias war ganz alleine dort und er war immer sehr pünktlich, den Bus wollte er auf keinen Fall verpassen denn der nächste Bus würde erst eine Stunde später kommen und er möchte gerne auf Ärger verzichten. Er nahm sich dies auch für die nächsten zwei Jahre vor, er wollte nicht weiter auffallen, keine Kontakte oder Freundschaften knüpfen sondern die zwei Jahre über die Bühne bringen und dann wäre er wieder weg.

Der Bus kam, er stieg ein und bezahlte seine Fahrkarte, der Bus war zu dem Zeitpunkt noch nicht arg gefüllt und er konnte sich einen Sitzplatz nehmen, der Bus füllte sich von Haltestelle zu Haltestelle und kurz vor der Stadt war er so voll das man sich wirklich durchquetschen musste wenn man vorher aussteigen wollte. Das erste Problem fing bereits in der Stadt an, es war der erste Schultag für alle Schulen und das bedeutet natürlich sehr viel Stress und Zeitverzögerungen. Elias verpasste seinen Anschlussbus der an die Schule fuhr, er musste nun zwanzig Minuten auf den nächsten Bus warten und da war ihm klar dass er zu spät kommen würde, aber dafür konnte er nichts. Der Busbahnhof leerte sich immer mehr und es waren nur noch wenige Schüler dort, wahrscheinlich hatten sie das gleiche Problem wie Elias.

Der Bus kam um 7:45 Uhr, sein Unterricht begann um 7:55 Uhr, er würde locker fünfzehn bis zwanzig Minuten mit dem Bus fahren.

Angekommen am Schulgelände, es war mittlerweile 8:05 Uhr gewesen, von außen sah man keinen einzigen Schüler mehr, er betrat das Schulhaus und direkt empfing ihn eine Lehrerin und sagte zu ihm,

„Ah du musst Elias sein, etwas spät dran oder?"

Elias antwortete,

„Ja, es tut mir Leid, mein Bus hatte Verspätung."

Sie antwortete,

„Alles okay am ersten Schultag läuft noch nicht alles einwandfrei, du musst nun die Treppe hoch in den ersten Stock und gleich die erste Tür auf der rechten Seite, dort ist heute dein Klassenzimmer."

Elias folgte den Anweisungen seiner Lehrerin, er ging die Treppe hinauf ging zu der ersten Tür die auf der rechten Seite war, er klopfte an die Tür und ging hinein, er sah sich um und da saßen dreißig Mädchen und nur ein weiterer Junge.

Er begrüßte seine Lehrerin und sagte,

„Guten Morgen, tut mir Leid für die Verspätung mein Bus hatte Verzögerungen."

Da merkte Elias direkt das seine Lehrerin eine kleine Hexe war und sie sah auch etwas wie eine Hexe aus, sie war recht klein, ihre Haare waren schulterlang und gingen von Blond in einen leichten Grauton hinüber und sie sagte zu ihm,

„Guten Morgen, du musst Elias sein, schön dass sie es sich auch einrichten konnten noch zu kommen, such dir einen freien Platz."

Er sagt nichts auf ihren blöden Spruch und suchte verzweifelt nach einem freien Platz und es war tatsächlich nur noch ein einziger Platz frei, am Fenster saß eine Blondine neben sie setzte sich Elias hin.

Der erste Tag war rein für Informationen da, es gab den Stundenplan, die Schüler mussten ein Datenblatt ausfüllen, sich ein Namenschild basteln und sich etwas kennenlernen.

Elias musste schnell mit seiner Banknachbarin ins Gespräch kommen, er hatte nämlich keinen Stift dabei, eigentlich hätte er seinen Rucksack gar nicht gebraucht der war bis auf ein paar Fusseln komplett leer gewesen. Sie lachte ihn an und gab ihm selbstverständlich einen Stift und er bedankte sich höflich bei ihr.

In der ersten Pause setzte sich Elias auf eine Bank die nah am Klassenzimmer war und nahm sein Handy in die Hand und sah sich Beiträge auf Instagram an.

Plötzlich standen zwei Gestalten vor ihm, es war ein Mädchen und der einzig andere Junge der mit in der Klasse war und sie sprachen Elias an,

„Hey du warst doch bei uns auf der Schule oder?"

Elias überlegte einen Augenblick und sah sich die zwei Gesichter genau an und tatsächlich kamen ihm die Gesichter etwas bekannt vor, wahrgenommen hatte er sie nie richtig und er hatte nie ein Wort mit den beiden gewechselt.

Elias antwortete,

„Ah ja stimmt eure Gesichter kommen mir bekannt vor, das ist ja ein lustiger Zufall. Ich heiße Elias und ihr?"

Die beiden antworteten,

„Ich heiße Rebecca und ich heiße Andi."

Es dauerte nicht lange und er war richtig genervt von Rebecca, sie plapperte ihn voll mit irgendwelchen Geschichten die ihn null interessierten, sie war absolut anstrengend und er wollte schnellstmöglich weg von ihr. Anders war es mit Andi, die beiden verstanden sich von der ersten Sekunde an sehr gut und fingen bereits an sich über sämtliche Sachen und Schüler lustig zu machen. Die beiden waren ab diesem Zeitpunkt unzertrennlich und würden sogar eines Tages beste Freunde werden.

Für die nächsten Tage war abtasten angesagt, sie hatten komplett neue Schulfächer die sie auf ihrer normalen Schule nicht mehr hatten, es gab natürlich noch „Deutsch", „Religion" und „Sport". Aber auch viele neue wie „Psychologie", „Pädagogik", oder „Mathematische Naturwissenschaftliche Erziehung". Das gute am Fach (MNE) es hatte zum Glück nichts mit Mathe und Zahlen zu tun, in dem Fach ging es eher um Experimente und das war tatsächlich ein cooles Fach und das Highlight für die Mädchen in diesem Fach? Es war der Lehrer, er war vielleicht Anfang dreißig oder Mitte dreißig aber naja Geschmackssache. Immerhin hatten Elias und Andi auch einen schönen Anblick zu genießen und zwar war es ihre Psychologie Lehrerin, sie war höchstens Ende zwanzig und war unglaublich Hübsch da fiel es den beiden besonders leicht sich gut zu benehmen und im Unterricht gut mitzumachen.

Es dauerte auch nicht lange als sich das ein oder andere Mädchen aus seiner Klasse nach Elias erkundigte und ihn fragte ob sie sich vielleicht näher kennenlernen könnten, aber er lehnte immer wieder ab, er wollte keine Beziehung und auch ganz sicher nicht wenn sie in der gleichen Klasse wären, wenn es blöd läuft und es eine Trennung geben würde müsste man trotzdem mit der anderen Person täglich den gleichen Raum teilen oder vielleicht eine Gruppenarbeit zusammen machen, also verzichtete er lieber darauf.

Die Nächsten Wochen und Monate waren „Okay" für Elias, es wurden bereits einige Exen geschrieben, seine Noten waren auch „Okay", bisher schrieb er nicht schlechter als die Note drei. Es gab Unterrichte die fand Elias komplett beschissen und es gab Unterrichte die ihn wirklich interessierten und dann gab es Religion und das Fach liebten Elias und Andi, die Gründe? Der Lehrer! Der Religionslehrer der beiden war eine Bereicherung für sie, in keinem Unterricht bauten sie mehr Unsinn als in diesem. Die Beziehung zwischen den beiden Jungs und ihrem Lehrer war eine Hass-Liebe, naja viel mehr hasste der Lehrer die zwei und die zwei liebten ihren Lehrer. Das beste kam aber erst noch, obwohl die zwei so viel Unfug trieben und den Lehrer pausenlos „Verarschten", waren dennoch die beiden seine besten Schüler, ausgerechnet die zwei Vollpfosten, aber Ja sie mochten ihren Lehrer obwohl sie ihn so oft veralberten, der Humor der beiden war nie bösartig gegen ihren Lehrer, aber es kam durchaus zu lustigen Schulstunden und jede Schulstunde war auf ihre Art besonders. Elias und Andi interessierten sich tatsächlich auch für die

Person die ihr Lehrer war, sie fanden heraus das er auch Pfarrer ist und „Theologie" studierte. Besonders lustig für die Beiden war es wenn ihr Lehrer sauer auf sie war und er sie auf Lateinisch zum Schweigen verdonnerte, mindestens einmal in der Stunde hörten sie das lateinische Wort „Tace" das auf Deutsch „Schweig" bedeutete.

Elias und Andi amüsierten sich darüber köstlich und es kam in jeder Stunde dazu das er die beiden auseinander setzte, die Entfernung hielt die beiden dennoch nicht auf weiter ihren Unfug zu treiben, selbst die Mädchen nervten sie schon mit ihrem Verhalten aber das war den beiden so egal. Die Mädchen saßen im Religionsunterricht nur am Handy und zeigten durch ihr Verhalten dem Lehrer gegenüber noch weniger Respekt als die beiden, sie beteiligten sich trotzdem am Unterricht auch wenn sie sich manchmal „scheiße" verhielten. Elias und Andi machten sich einmal in einer Schulstunde über die Mythologie der „Illuminaten" lustig und stellten ihrem Religionslehrer fragen darüber und er beantwortete diese Ernst und schlug im Gegenzug den beiden vor das er sich einige Schulstunden nehmen würde und nur das Thema „Illuminaten" zu besprechen und das war wiederum richtig cool das er sich das zur Aufgabe genommen hatte denn die beiden hatten über das Thema wirklich etwas lernen wollen, auch wenn sie darüber Späße gemacht hatten aber dafür liebten sie ihren Lehrer. Die Mädchen waren von der Aktion überhaupt nicht begeistert denn sie mussten sich zwei Wochen lang das Gerede über die „Illuminaten" anhören und das Beste war das ihr Lehrer sogar eine

Schulaufgabe darüber schreiben ließ und die Mädchen haben sich nicht darauf vorbereitet und waren dadurch umso schlechter auf Elias und Andi zusprechen aber es war nicht ihr Problem wenn sie nicht im Unterricht aufpassten.

Tja selber schuld.

An einem Tag haben sie ihren Religionslehrer an den Rand des Wahnsinns getrieben.

Die Schüler hatten Vormittags ein Fest auf ihrem Schulgelände, es wurde ein nahegelegener Kindergarten eingeladen, es wurden Spiele gespielt, es gab eine Schminkstation oder sie konnten zur Musik tanzen. Die Schüler mussten bei der Vorbereitung von dem Fest mit Absperrband das Schulgelände eingrenzen, nachdem das Fest vorbei war hatten die Schüler wieder normalen Unterricht und es ging mit Religion weiter und Elias bemerkte das frei rumliegende Absperrband, er nahm es mit und machte das gesamte Klassenzimmer damit voll, er wickelte es um jeden Tisch und jeden Stuhl, man sah nur noch das rot weiße Absperrband, als sein Religionslehrer kam, konnte er nicht einmal richtig die Tür öffnen weil Elias das Absperrband mit der Türklinke und mehreren Tischen verbunden hatte, sein Lehrer kam Kraftvoll herein gestürmt und war stinksauer. Elias und Andi lachten sich auf ihren Plätzen kaputt, sie lachten so stark das sie fast von ihren Stühlen gefallen wären. Ihr Lehrer riss das ganze Absperrband ab, naja so gut er eben konnte, Elias hat es wirklich überall befestigt wo es ging. Sein Lehrer zog so fest an einem Ende von dem Absperrband das sogar ein Stuhl durch das gesamte Klassenzimmer geflogen kam. Es war unglaublich

Lustig aber wahrscheinlich umso furchtbarer für den Lehrer, aber vielleicht konnte auch er mit einem Auge darüber lachen. Es dauerte nicht lange bis es sich im Lehrerzimmer herumsprach und jede Lehrkraft die beiden Jungs darauf ansprach. Elias verheimlichte nicht einmal das er es war, Ärger bekam er dafür nicht, immerhin hatte er nichts kaputt gemacht.

Das Fach Psychologie und Pädagogik war das Lieblingsfach von Elias, er interessierte sich sehr dafür und hatte eine richtige Begeisterung dafür entwickelt. Die Unterrichtsstunden waren sehr informativ und sehr gut gestaltet. Für ihn war es so unheimlich spannend so viel über die Psychologie zu erlernen und oft wendete er sein Wissen im privaten Leben an und lernte vor allem das Selbstreflektieren, auf eine gewisse Art und Weise war es wie eine Therapie für Elias und das half ihm sehr. Er war sehr ehrgeizig und beteiligte sich immer aktiv im Unterricht was auch sehr gut bei seiner Lehrerin ankam. Das erste Schuljahr ging so schnell vorbei das war kaum zu glauben für Elias. Die Klasse schrumpfte innerhalb des ersten halben Jahres, denn einige Schülerinnen brachen die Ausbildung ab, viele hatten die Ausbildung viel zu leichtsinnig betrachtet. Es gab die üblichen Gruppierungen in seiner Klasse, die Girls, die Nerds, die Unauffälligen und da gab es Elias und Andi, die beiden belebten wirklich die Klasse und brachten immer Witz herein ohne die beiden waren die anderen nur Schnarchnasen die zum Lachen in den Keller gingen, die meisten waren wirklich so humorlos, klar war es Ernst und es ging immerhin um die berufliche Zukunft aber warum sollte man nicht Spaß haben im Leben.

Es gab Lehrer die mochte Elias und sie mochten ihn auch und es gab natürlich auch die Lehrer die er nicht mochte und die Lehrer, die ganz besonders Elias nicht mochten, allem voran die Lehrerin die Elias am ersten Schultag blöd anmachte weil er ausversehen zu spät kam. Elias hasste sie und sie hasste ihn, ihr Lächeln war das falscheste was Elias je gesehen hatte, wenn sie die Möglichkeit hatte Elias zu blamieren dann nutze sie die. Wiederrum nutze Elias jede Möglichkeit es ihr doppelt heimzuzahlen, er hatte ihr nie Physischen Schaden zugefügt aber er wusste wie er sie mit seinem Verhalten reizen und somit an den Rand des Wahnsinns bringen konnte, das war eine absolute Bereicherung für Elias. Eines Tages bemerkte Elias bei seiner Lehrerin das sie immer komisch mit dem Kopf wackelte als wäre er nicht richtig befestigt worden, er wusste zwar das sie eine Schraube locker hatte aber da hatte er auch seinen Beweis dafür, ab diesem Tag hieß sie für ihn immer nur „Wackelkopf".

Seine Noten waren nach dem ersten Schuljahr durchaus in Ordnung nur bei seiner Hasslehrerin hatte er lediglich die Note vier gehabt.

Besonders gerne waren Elias und Andi im Sportunterricht, sie hatten eine ganz alte Lehrerin die kurz vor der Rente stand und wenn Elias seinen Abschluss machen würde, geht sie in den Ruhestand. Die beiden Jungs liebten den Unterricht bei ihr, trotz ihres Alters hatte sie einen ähnlichen Humor wie Elias und Andi, die drei verstanden sich super und machten immer zusammen Witze, nach einer gewissen Zeit nannten die beiden sie nur noch bei ihrem Vornamen, naja besser gesagt bei ihrem Spitznamen, ihr Vorname war Ursula aber die beiden bemerkten wie die Lehrerkollegen immer „Uschi" zu ihr sagten und das eigneten sich die beiden Jungs ebenfalls an und Uschi hatte nichts dagegen sie empfand es als sehr lustig und gab einem nicht das Gefühl auf einer Lehrer-Schüler Ebene zu sein sondern fast schon auf einer freundschaftlichen Ebene. Der Unterricht war Klasse, es war genau das richtige für Elias und Andi, sie konnten endlich ihrer kindischen und albernen Art freien Lauf lassen ohne das sie bestraft würden, viel mehr war es besser so alberner zu sein, immerhin lernten sie im Sportunterricht „Kindgerechten" Sport, Spiel und Sportgeschichten auszuüben. Es war durchaus interessant wie man eine Sportstunde für Kinder gestalten kann und dafür nicht viel Material benötigte, sondern manchmal nur eine einzige Zeitung ausreichen würde und natürlich ganz viel Fantasie, es ist schön zu beobachten in welchen Bann man Kinder hereinziehen kann wenn man seiner Fantasie freien Lauf lassen kann. Kinder leben noch in ihrer ganz eigenen Welt und können perfekt ihre Fantasie entfalten, manchmal sehen sie auch Sachen die Erwachsene einfach nicht verstehen. Das tolle an Kindern ist das sie eine ganz eigene Wahrnehmung von der Welt haben, sie sehen noch keine Gefahren, sie leben sich einfach aus und meist sehen wir im Kindesalter das wahre Gesicht dieses kleinen Menschen, denn wenn sie älter werden bringen die Erwachsenen die Kinder dazu sich zu verändern und sich zu verbiegen oder vielleicht sich anzupassen.

Kinder sind die ehrlichsten Menschen der Welt, Kinder können nicht lügen und wenn sie es versuchen dann ist es sehr leicht das zu erkennen, in den ersten Jahren der Kindheit leben sie nur für sich und da ist es ihnen auch egal ob sie einen „Freund" verpetzen, Kinder denken nur an sich und an ihren Profit, aber das machen sie natürlich nicht bewusst und dafür dürfen Kinder auch auf keinen Fall bestraft werden, sie machen so vieles unbewusst und müssen lernen mit kleinen Schritten in der Welt anzukommen. Jeder ist individuell, hat eigene Interessen und ganz eigene Bedürfnisse und das macht doch jeden einzelnen Menschen so besonders und einzigartig.

Elias ist aufgefallen was Menschen bereits von kleinen Kindern alles erwarten, sie müssen selbstständig laufen, perfekt sprechen, alleine essen, schreiben und lesen können und das in einem Alter in dem so viel passiert in diesen kleinen Köpfen. (Dürfen Kinder überhaupt noch Kinder sein?) fragt sich Elias.

Die kleinen werden so überschüttet mit Wissen und Reizen das Kinder gar nicht die Möglichkeit haben das machen zu können was sie wirklich wollen, sie werden fast schon dazu gedrängt jemand zu sein der sie aber vielleicht gar nicht sein wollen und woran liegt das? Naja oft sind es die Eltern die ihre Kinder dazu nutzen etwas aus ihrem kleinen zu machen was sie selbst nie waren? Oder vielleicht was sie in ihrer eigenen Kindheit gerne gemacht hätten, so melden sie ihre Kinder bei Sportvereinen an oder wollen das es ein Instrument erlernt. (Traurig? Ironie? Oder Schicksal?)

Das zweite Schuljahr begann für Elias, viel veränderte sich nicht für, in einzelnen Fächern gab es eine neue Lehrkraft aber sonst war alles beim alten und nun dauerte es nur noch ein Schuljahr bis er fertig war und danach arbeiten würde. Für das letzte Schuljahr musste er sich einen neuen Kindergarten suchen in dem er dann auch am Ende des Schuljahres eine Abschlussprüfung absolvieren müsste.

Er erkundigte sich und fand einen Kindergarten der bei ihm in der Stadt war, von außen sah das Gebäude überhaupt nicht wie ein Kindergarten aus. Das Gebäude von innen hatte seinen ganz eigenen Charme, es war sehr altmodisch und war somit das komplette Gegenteil von dem Kindergarten in dem er sein letztes Praktikum machte aber irgendwie gefiel ihm das „Alte" und den Charme daran, es erinnerte ihn an seine eigene Kindergartenzeit und er fühlte sich tatsächlich wohl, er war sich sicher dort möchte er sein Praktikumsjahr verbringen und am Ende des Schuljahres seine Abschlussprüfung absolvieren. Nach einem langen Gespräch mit der Kindergartenleitung bekam er den Praktikumsplatz, sie redete viel und Elias kam kaum zu Wort aber er verkaufte sich gut vor ihr, am Ende war er froh das er dort sein Praktikum machen dürfte.

Interessant war der Deutsch Unterricht, also interessant war er wirklich nicht, Elias hatte einen neuen Lehrer in Deutsch und der Typ war einfach komisch, neunzig Prozent der Unterrichtszeit nutze dieser Lehrer um von seinem Privatleben zu erzählen und das juckte Elias überhaupt nicht und geriet deswegen öfters in Konflikt mit seinem Deutsch Lehrer, es kam vor das Elias von seinem Lehrer aus dem Unterricht suspendiert wurde, für jede Stunde musste er Elias und Andi auseinander setzten. Dieser Unterricht war so unproduktiv, immerhin müssten die Schüler am Ende des Schuljahres ebenfalls eine Abschlussprüfung in diesem Fach schreiben. Elias und sein Deutsch Lehrer waren richtig auf Kriegsfuß und Elias war mittlerweile in einem Alter in dem er sich nichts mehr gefallen lies und gerne mal seine Meinung sagte und das zeigte durchaus Wirkung. Es kam dazu das vor Beginn einer Deutsch Stunde der Lehrer auf Elias zukam und um ein persönliches Gespräch bat,

(Was will der Trottel jetzt nur von mir?) dachte sich Elias.

Der Lehrer ging mit Elias in einen Abstellraum was irgendwie etwas komisch war und es dauerte nicht lange da fing er damit an was er am besten konnte und zwar Reden ohne Punkt und Komma,

„Hey Elias was ist denn los, warum störst du jedes Mal meinen Unterricht?"

Elias antwortete,

„Weil ihr Unterricht unproduktiv ist und es niemanden interessiert wie ihr Privatleben ist, machen Sie ihren Unterricht ordentlich und ich verhalte mich ruhig."

Der Lehrer erwiderte,

„Okay wenn du das so siehst ist das vollkommen in Ordnung, die anderen Schüler wollen sich am Unterricht beteiligen und du störst immer dabei, es ist vollkommen Okay wenn du mich Scheiße findest, aber verhalte dich unauffällig."

Elias dachte sich kurz,

(Keiner der anderen Schüler beteiligt sich an seinem Unterricht.)

Elias antwortete genervt,

„JA ich finde sie SCHEISSE, können wir jetzt reingehen, ich hab keine Lust mehr darauf mit ihnen zu reden, ich gebe mein Bestes nicht mehr auffällig zu werden."

Sein Lehrer beendete das Gespräch,

„Na dann haben wir das ja jetzt gelöst."

Und somit gingen sie in den Unterricht und Elias hatte keine Lust mehr darauf noch Kraft und Zeit für den „Vollpfosten" zu verschwenden, deswegen saß er sich freiwillig in die letzte Reihe und spielte auf seinem Handy rum.

Die Abschlussprüfungen kamen immer näher und Elias war wirklich total entspannt was das anging. In Deutsch hatte er immer nur die Note eins oder zwei geschrieben, ja auch bei diesem Lehrer. In Psychologie und Pädagogik waren es meistens die Note zwei oder drei.

Im Praktischen Fach quasi die Schulaufgaben die sie im Kindergarten machen mussten („Angebote") hatte Elias fast immer die Note eins, dazu gab es noch einen schriftlichen Teil, denn das „Angebot" was sie planen mussten, hatten sie schriftlich umsetzen müssen und dies wurde auch benotet, da bekam er meistens die Note zwei oder drei.

Also in keinem Fach war Elias schlechter als drei und das war bereits eine gute Voraussetzung.

Anfang Mai begann die Praktische Prüfung, Elias war der zweite Schüler in seiner Klasse der an der Reihe war, darüber war er aber sehr froh, lieber war er direkt am Anfang dran als ganz zum Schluss. Er zog sich ein Thema und sein Thema war ein „Sachgespräch" und er bereitete sich darauf richtig gut vor, er plante alles auf das kleinste Detail und war sich sicher dass er eine gute Note bekommen würde.

Die Prüfung lief sehr gut, es gab keine großen Probleme, er war knapp an der Note eins vorbeigerutscht aber hatte eine sehr gute zwei erreicht und darüber war er sehr stolz auf sie.

Das nächste Prüfungsfach war Psychologie und Pädagogik, darauf bereitete sich Elias sehr gut vor und lernte sehr gründlich, es war unglaublich viel Stoff zu lernen.

Die Schüler mussten den gesamten Stoff aus den zwei Schuljahren lernen, das meiste fiel Elias leicht sich zu merken, aber so ein bis zwei Themen machten ihm Probleme, aber zu seinem Glück kam keines der Themen in der Prüfung dran.

Die Prüfung machte Elias tatsächlich Spaß da sie ihn herausforderte und da ihm dieses Fach so gefiel, bemühte er sich so sehr wie nie zu vor. Die Prüfung lief dementsprechend gut für ihn und er bekam in diesem Fach die Note zwei.

Nun stand noch das Fach Deutsch an und Elias war eine Macht wenn es um das Fach Deutsch ging, besonders reizte Elias die Geste wenn er in der Deutsch Abschlussprüfung sehr gut performen würde und es dann seinem Deutschlehrer unter die Nase halten könnte und dieser Fall trat ein.

Elias schrieb die Note eins in Deutsch und sein Lehrer sprach kein einziges Wort mehr mit Elias und das war so eine Genugtuung für ihn, er hatte es diesem „Vollpfosten" gezeigt und das alles nachdem er nie aufgepasst hatte und öfters aus dem Unterricht suspendiert wurde, aber das Fach liegt Elias einfach und damit rechnete sein Lehrer nicht, das fühlte sich fast so an als hätte er ihm Metaphorisch „eins aufs Maul gehauen".

Elias war froh das er die meisten Gesichter nicht mehr in seinem Leben wiedersehen musste, nur mit seinem besten Freund Andi verbringt er heute noch regelmäßig Zeit, für die beiden war es der beste Zufall der ihnen passieren konnte. Andi bestand auch ohne weitere Probleme seine Prüfungen.

Am Tag der Abschlussfeier, bastelten Elias und Andi sich so bescheuerte Hüte, solche die die Studenten bei ihrem Abschluss in Amerika trugen, das sah total affig aus, aber genau das machte die beiden Jungs aus und so verabschiedeten sie sich auch, die zwei gut gelaunten und chaotischen Dödel die sich aus allem ein Spaß erlaubten. An der Abschlussfeier, spielte Andi ein unglaublich schönes Saxophon Solo. Die Creme de la Creme war das Elias und Andi die mit ihrem Religionslehrer E-Mail Kontakt hatten und Elias auf die glorreiche Idee kam, ihren Religionslehrer danach zu fragen ob er eine Andacht bei der Abschlussfeier machen würden und das tat er auch. Die Mädchen hassten die beiden Jungs dafür, aber die beiden Jungs wollten ihn unbedingt dabei haben und erlaubten sich einen kleinen Spaß in dem sie ihn quasi noch ein letztes Mal einen

„Cameo Auftritt" gaben. Wie in einer guten Sitcom in der der beliebte Nebendarsteller noch einmal kurz für seine Rolle zurückkehren würde und alles aus seiner Perfomance herausholte.

Elias kümmerte sich frühzeitig darum einen Arbeitsplatz zu finden und er hatte das Glück das er in dem Kindergarten das Arbeiten anfangen konnte in dem er sein Praktikum gemacht hatte, er mochte die Arbeit dort, die Mitarbeiter und seine Chefin wollten ihn auch unbedingt einstellen da sie die Arbeit von ihm toll fanden.
Das ist somit das Ende von einem neuen Anfang gewesen und nun fängt erst das „Richtige" Leben für Elias an.

Kapitel 12
Krankheit

Es vergingen bereits eineinhalb Jahre nachdem Elias seine Ausbildung erfolgreich abschloss. Er arbeitet weiterhin in dem Kindergarten aus dem Abschlussjahr in dem er sein Praktikum absolvierte, er mochte seine Arbeit obwohl sie auch sehr anstrengend war, immerhin hatte er täglich über fünfzig Kinder um sich herum, musste ein Auge auf sie haben, sich um ihre Wünsche und Bedürfnisse kümmern. Das Wort „Nein" hatte er inzwischen öfters gesagt als sein ganzes Leben zuvor und seinen Namen konnte er auch schon langsam nicht mehr hören, alle zwei Minuten kam ein Kind auf ihn zu,

„Elias kannst du bitte mal, Elias darf ich bitte auf die Toilette, Elias kann ich bitte etwas zu trinken haben." Es war teilweise wirklich nervenaufreibend für ihn, dennoch war er gerne für seine Kids da und versuchte ihnen jeden Wunsch zu erfüllen. Seine Kolleginnen waren mittlerweile wie eine Familie für ihn geworden und manchmal unternahmen sie auch privat etwas miteinander.

Mit seinem ersten Weihnachtsgehalt machte er sich ein eigenes Weihnachtsgeschenk und kaufte sich einen Laptop auf dem er gerne Geschichten schrieb oder einfach im Internet surfte, so musste er wenigstens nicht immer den alten Laptop von seiner Mutter ausleihen. Seitdem er Geld verdient hat er seine Mutter angeboten etwas zur Miete beizusteuern und das tat er auch immer zuverlässig.

Elias stand jetzt so richtig im Arbeitsleben und erinnerte sich oft an seine Schulzeit, es ist schon lustig, während der Schulzeit wünschte man sich immer so schnell wie möglich die Schule zu verlassen und zu arbeiten aber mittlerweile vermisste er die Schulzeit, es war eine Zeit der Freiheit und in der man noch so unbeschwert war, die Zeit mit seinen Freunden täglich zu verbringen und so viel Unsinn wie möglich zu machen. Nun war er in der Position in der er die kleinen Unterbrechen musste wenn sie zu viel Unsinn trieben. (Ironie oder Schicksal?)

Es war Anfang März und Elias fühlte sich bereits das Wochenende gesundheitlich nicht so gut und Montag früh war er total schlapp, hatte unglaubliche Halsschmerzen und konnte nicht einmal Wasser trinken ohne ein Schmerz zu empfinden. Er rief früh bei der

Arbeit an und unter Schmerzen berichtete er seiner Chefin das es ihm nicht gut ginge und er zum Arzt gehen würde. Elias machte sich fertig und seine Mutter fuhr ihn zum Arzt. Elias zog sich nur eine Jogginghose und eine dicke Jacke an. Beim Arzt war zum Glück nicht viel losgewesen und er kam schnell an die Reihe.

Der Arzt untersuchte ihn und stellte eine Mandelentzündung bei Elias fest, dafür bekam er Medikamente verschrieben und in einer bis eineinhalb Wochen sollte alles wieder in Ordnung sein. Er blieb also für eine Woche zu Hause, hatte unglaubliche Schmerzen im Hals und Rachen Bereich, festes Essen bekam er nicht herunter seine Mandeln waren zu sehr angeschwollen, alles was er zu sich nahm war flüssig, außer seine Medikamente da musste er sich jedes Mal überwinden die Tablette unter Schmerzen mit einem Schluck Wasser herunterzuschlucken. Nach einigen Tagen wurde es besser und eine Woche später ging er wieder normal auf die Arbeit, er fühlte sich wieder ganz gut und konnte seiner Arbeit wie gewohnt nachgehen. Nach einer Woche auf der Arbeit ging es wieder los, die Mandeln waren wieder geschwollen, dieses Mal noch stärker und der Schmerz war noch intensiver.

Elias Mutter fuhr wieder mit ihm zum Arzt, er verschrieb ihm dieses Mal ein Antibiotikum und schrieb ihn für zwei Wochen krank damit er sich komplett erholen konnte, die Diagnose wieder „Mandelentzündung", für Elias war das schon komisch das er zweimal in so kurzer Zeit eine Mandelentzündung bekam aber vielleicht hatte er sich einfach nicht richtig auskuriert. Die nächsten eineinhalb Wochen waren absolute Qual für Elias, die

Schmerzen brachten ihn in den Wahnsinn, er bekam nicht einen Ton heraus ohne Schmerzen und schlafen konnte er so gut wie gar nicht. Nach den zwei Wochen war dann wieder soweit alles Okay und Elias konnte wieder auf die Arbeit, dieses Mal ging er zwei Wochen auf die Arbeit und dann ging es ein drittes Mal los, nun waren die Schmerzen nicht mehr auszuhalten, seine Mandeln waren so dick geworden das er teilweise Probleme hatte Luft zu bekommen, es fühlte sich für ihn an als hätte er Rasierklingen verschluckt, wenn er denn überhaupt etwas schlucken konnte.

Sie fuhren wieder zum Arzt und an diesem Tag war Elias Mutter sehr stutzig und beschwerte sich wie das möglich sei, in innerhalb von vier Wochen dreimal eine Mandelentzündung zu haben auch der Arzt war plötzlich sehr hellhörig geworden und traute der Sache nicht mehr wirklich, irgendwas größeres musste dahinter stecken, er nahm Elias Blut ab, verschrieb ihm was gegen die Schmerzen und in zwei Tagen würden die Blutwerte vorliegen. Elias war zu Hause und weinte vor Schmerzen, so einen starken physischen Schmerz hatte er noch nicht erlebt.

Nach zwei Tagen kam der Anruf von seinem Arzt, ihm fiel auf das im Blut einiges entdeckt wurde was nicht passte und sie fanden einen Virus, der das alles auslöste was aktuell mit Elias passierte und zwar hatte er den „Epstein-Barr Virus" oder auch genannt „Pfeiffersches Drüsenfieber". Elias hatte zuvor noch nie etwas von dieser Krankheit gehört und deshalb fragte er bei seinem Arzt nach. Der Arzt erklärte ihm das es für gewöhnlich eine Virus Krankheit ist die in neunzig Prozent der Fälle

Kinder beträfe, Kinder die an diesem Virus erkranken verspüren meistens jedoch keinen Krankheitsverlauf und ist harmlos. Das gleiche gilt aber nicht für Erwachsene die an diesem Virus erkranken, Erwachsene können darunter sehr leiden, z.b. unter den starken Mandelentzündungen die Elias bereits erleben durfte, unter anderem kam es vor das die Patienten sich überaus schwach fühlten und gar keine körperliche Kraft aufbringen könnten. Der Körper ist zu stark geschwächt, das man mehr Schlaf als normal benötigt. Die Anfälligkeit anderer Erkrankungen ist erhöht und bedeutet das die betroffene Person sich jede Kleinigkeit einholen kann da das Immunsystem quasi bei null ist. Elias hatte nun das Problem das alles auf ihn eintraf. Die Problematik war das dieser Krankheitsverlauf je nach Person abhängig andauern kann, dies können Wochen, Monate oder sogar Jahre sein. Aus einigen Fällen hört man immer wieder das Patienten die an diesem Virus erkrankten ins Krankenhaus mussten. Eine weitere Problematik dieser Krankheit, es gibt keinerlei Medikament dafür. Tatsächlich wurde für diesen Virus noch kein Medikament entwickelt und vermarktet. Das bedeutete der Körper muss selbstständig dagegen angehen und der Patient kann nur eines tun, viel Ruhe, keine körperlichen anstrengenden Aktivitäten und gesunde Ernährung. Für Elias bedeutete das nun das es die körperlich anstrengendsten Monate für ihn werden würden, er kämpfte immer wieder mit wiederkehrenden Mandelentzündungen, die starke Müdigkeit setzte stark bei ihm ein und so schlief er die meiste Zeit wenn seine Schmerzen es zuließen. Körperlich fühlte er sich überhaupt nicht in der Lage irgendetwas zu machen nur der Gang auf die Toilette und wieder zurück in sein Bett waren ihm möglich. Er verließ das Haus für ganze zwei Monate nicht, er konnte es auch nicht, jeder Schritt machte ihn so schlapp das er sich kurzer Hand wieder hinlegen musste. Die Mandelentzündungen nahmen zum Glück ab und damit hatte er vorerst keine weiteren Probleme mehr. Er versuchte mit Tabletten und Ernährung sein Immunsystem wieder in die richtige Spur zu bringen, aber sein Körper benötigte unglaublich viel Zeit. Nach drei Monaten die ersten Besserungen, er verließ das Haus und ging spazieren, es war mittlerweile Anfang Juni gewesen. Er fühlte sich Okay aber noch nicht gut, aber dennoch wollte er wieder auf die Arbeit und dies tat er auch, aber nicht sehr lange, nach zwei Tagen musste er abbrechen, es ging körperlich überhaupt nicht. Elias wurde geraten einen HNO (Hals, Nasen, Ohren) Arzt aufzusuchen und das tat er und er bekam Antworten auf die er nicht vorbereitet war, die Ärztin erklärte ihm das bei seiner Erkrankung die Milz und Leber sehr stark anschwellen können und es im Ernstfall, z.B. durch einen leichten Schlag auf den Bauch zu einem Milzriss führen könnte der dann wiederum dafür sorgte das der Mensch innerlich verbluteten und über Nacht sterben könnte ohne es zu merken. Die Ärztin erkundete sich bei Elias was er beruflich macht und er erzählte ihr das er im Kindergarten arbeitete, da wurde sie hellhörig besonders als Elias erwähnte das er die letzten zwei Tage gearbeitet hatte, sie bittet ihn sofort sich zu seinem Arzt aufzumachen und seine Milz kontrollieren zu lassen.

Sofort ging er zu seinem Arzt und er machte einen Ultraschall bei Elias und es stellte sich heraus das seine Milz tatsächlich stark angeschwollen war und er Glück hatte keinen versehentlichen Schlag auf den Bauch abbekommen zu haben. Sein Arzt schrieb ihn auf unbefristete Zeit krank. Elias ging nach Hause und dort fing er an die Situation zu verarbeiten und brach zusammen, ihm wurde klar dass es eine Möglichkeit gab das er hätte sterben können, sein noch so junges Leben fuhr plötzlich an Elias vorbei, es hätte alles vorbei sein können und dabei war er doch noch so jung und hat quasi sein ganzes Leben vor sich.

Elias lag sich in sein Bett und weinte für ganze drei Stunden, es waren Tränen der Traurigkeit aber auch Tränen der Erleichterung immerhin hatte er keinen Milzriss erlitten.

Die nächsten Wochen und Monate achtete Elias sehr auf seinen Bauch und das ihm nichts zu nahe kommen würde, er war immer noch körperlich sehr schwach und schlief die meiste Zeit, seinen Sommer verbrachte er nur im Bett, nur ein bis zweimal die Woche verließ er die Wohnung um für zwanzig bis dreißig Minuten spazieren zu gehen. So verbrachte er auch seinen zwanzigsten Geburtstag im Bett, abgesehen davon das er sowieso nie gerne seine Geburtstage groß feierte aber dieses Mal wollte er wirklich niemanden in seiner Nähe haben und komplett alleine sein und seine Ruhe haben. Seine Krankheit lies es nicht zu sich in irgendeiner Art und Weise gut zu fühlen und das beeinträchtige mittlerweile auch seine Psyche, Elias kapselte sich von jedem und allem ab, keine sozialen Kontakte, er mochte niemanden sehen und er wollte sein Zimmer nicht mehr verlassen seinen sogenannten „Safe Place". Er machte sich viele Gedanken, eindeutig zu viele, er recherchierte regelmäßig über seine Krankheit und alles drumherum um sich immer die Fakten vor den Augen halten zu können und er informierte sich wie es eines Tages vielleicht einmal weiter gehen könnte.

Er las Berichte darüber wie Fußball Profis ihre Karriere wegen dieser Krankheit beenden mussten und wie diese auch im späteren Leben nachwirkende Folgen aufweisen konnten, er versuchte zwar immer wieder optimistisch zu bleiben aber da sprach eine andere Stimme in seinem Kopf die immer wieder sagte es wird nicht besser.

In einer Sache war sich Elias sicher, sein restliches Leben lang wird er in einer Art und Weise immer mit seiner Krankheit zu kämpfen haben, den Sport hat er aufgegeben weil er nicht mehr die körperliche Kraft aufbringen kann egal wie oft er es versucht hatte irgendwann wieder hineinzufinden er machte einen Schritt vor aber gleichzeitig zwei zurück. Selbst auf der Arbeit hat er immer wieder Probleme er arbeitete Vollzeit und das zehrte an allen seinen Ressourcen. Seine Anfrage darauf seine Stunden reduzieren zu können wurde abgelehnt obwohl sein Krankheitsfall bekannt und wahrgenommen wurde.

Er krempelte sein Leben auf einmal komplett um, er trank fast keinen Alkohol mehr nur noch ganz selten. Er ging nicht mehr feiern, lieber verbrachte er seine Abende und Wochenenden alleine. Soziale Kontakte null Komma null, er hatte seine Familie und das reichte ihm komplett aus. Er lernte keine Frauen kennen dafür hatte er das nötige Selbstbewusstsein komplett verloren und körperlich wie psychisch wollte und konnte er keine Kraft aufbringen.

Was ihm blieb, waren seine Hobbys bei denen er ganz alleine und für sich bleiben konnte, er ging wieder gerne raus um zu fotografieren, er las wieder vermehrt Bücher und zockte natürlich gerne an seiner Konsole. So hatte Elias für sich seine drei Lieblingssachen immer um sich herum, seine Kamera, die Bücher und die Spielkonsole. Vor allem seine Liebe zu Büchern wurde in seinem Krankheitsverlauf wieder aufgeweckt und er las sehr viele Bücher von seinem Lieblingsautor „Stephen King". Er liebte die Geschichten und die Schreibweise von Stephen King, besonders die Bücher zu denen dann auch ein Film gemacht wurde gefielen ihm sehr da er dann immer zwei Seiten sehen konnte, ihm gefiel natürlich immer das Buch besser als der jeweilige Film dazu aber das war meistens klar, die Detailliertheit die ein Buch bieten kann, da kann ein Film nicht mithalten und annähernd herankommen.

Es verging mittlerweile ein Jahr nachdem Elias seine Diagnose bekommen hatte, das Arbeiten funktionierte wieder so einigermaßen, er schaffte es immerhin den Tag zu überstehen, aber zu Hause angekommen war er platt und für nichts mehr zu gebrauchen. Es ist wie ein Gefühl in seinem Körper das sich immer wieder bemerkbar machte und er spürte es, er wusste genau wann ihm körperlich etwas zu viel wurde, es war quasi wie ein Warnsignal. Seinem geliebten Fußball kehrte er komplett den Rücken, zum einen verlor er komplett die Lust daran und zum anderen wollte er der Gefahr entgehen das ihm körperlich etwas passieren könnte er wollte einfach kein Risiko eingehen. Die Leute fragten immer wieder über fünf Umwege was denn mit Elias sei und ob er überhaupt noch existierte, er war wie vom Erdboden verschluckt und das war ihm auch ganz Recht so, er wollte niemandem gegenüber Freundlichkeit vorspielen und ganz gewiss hatte er keine Lust jedem neugierigen „Trottel" dieselbe Frage zum vierhundertsten Mal zu beantworten. Sein Bruder Fabian versuchte ihn immer wieder zu irgendwas zu animieren und meist zu irgendwelchen Sachen die sowieso nicht nach Elias Geschmack waren aber ein „NEIN" war quasi wie eine Beleidigung für Fabian.

Elias hat immer das Empfinden, das sein Bruder Fabian nur nach seinem eigenen Interesse handeln würde und ihm vollkommen egal ist was andere fühlen oder denken und wenn man einmal gegen ihn schießt ist man sofort der Feind.

Nach eineinviertel Jahr kamen Elias die Gedanken von seiner Krankheit nicht mehr so häufig in den Kopf als hätte er es akzeptiert und abgehakt. Im Hinterkopf weiß er immer was in ihm schlummert und was es für Auswirkungen haben kann aber er ließ es nicht mehr so nahe an sich herankommen. Probleme hatte er nach wie vor und wird er auch immer haben, aber er lernte damit umzugehen und konnte sich mittlerweile gut darauf einstellen. Dennoch lebt er gerne sein Leben wie er es in der Krankheitszeit lieben gelernt hatte, am besten alleine und für sich. Das schönste für Elias Mutter war als er nach all der langen Zeit und nach all der Qual, wie sie ihrem Sohn dabei zusehen musste das es ihm nicht gut ging und nichts dagegen machen konnte war, als er sagte,

„Ich fühle mich gut". Und Elias lächelte sogar dabei und das war sein echtes Lächeln und darüber war sie sehr froh.

3 Jahre danach und Elias geht es gut, manchmal hat er zwar noch Probleme mit starken Ermüdungsphasen und seine Anfälligkeit für kleinere Krankheiten ist auch unverändert, eine leichte Erkältung die bei jedem anderen nach ein paar Tagen wieder auskuriert ist, hält bei Elias bis zu drei bis vier Wochen an. Aber trotz allem fühlt er sich gut und ist glücklich, immerhin hat er auch diese schlimme Zeit hinter sich bringen können.

Kapitel 13
Zuhause

Elias suchte bereits seit dem er achtzehn Jahre alt war nach einer eigenen Wohnung für sich, doch der Wohnungsmarkt ist nicht einfach, er wollte in die nahegelegene Stadt ziehen und es war sehr schwer etwas preiswertes zu finden. Immer wieder sah er sich mal eine Wohnung an, zwei Wohnungen hatten ihm besonders gefallen, sie waren preiswert, die Entfernung zu seiner Arbeit war sehr kurz, alles war perfekt dennoch wurde immer gegen Elias entschieden und das frustrierte ihn etwas, was war nur das Problem?

Für einen Zeitraum gab er die Suche wieder auf, er lebte weiter bei seiner Mutter, bezahlte monatlich etwas Miete und war glücklich, dennoch wollte er seine „Freiheit".

Zwei Jahre später schaute er wieder und da sah er wieder eine wunderschöne Wohnung, zwei großräumige Zimmer mit einem Balkon und alles was dazugehört. Der Preis war gut und die Lage perfekt, er wurde zu einem Besichtigungstermin eingeladen.

Die Besichtigung war im Januar und als ihm die Tür geöffnet wurde kam ihm eine nette Frau entgegen und bat ihn herein. Das war die Frau die die Wohnung vermietete, die beiden kamen direkt ins Gespräch und verstanden sich gut. Die beiden liefen in den dritten Stock und dort empfang sie eine junge Frau die aktuell noch in der Wohnung lebt, sie hatte lange schwarze Haare und war höchstens drei oder vier Jahre älter als Elias. Die Wohnung gefiel ihm sofort und er zeigte sich vorbildlich vor den beiden Frauen, mit beiden verstand er sich direkt sehr gut und sein Gefühl war ein sehr gutes das er die Wohnung bekommen würde. Elias füllte ein Dokument aus in dem er seine Persönlichen Daten angeben musste. Mit der jungen schwarzhaarigen Frau tauschte er immer wieder mal Blicke und ein Lächeln aus.

Zum Schluss der Besichtigung verabschiedete sich Elias von der jungen, schönen schwarzhaarigen Frau und gemeinsam mit der Vermieterin ging er noch in den Keller um das Kellerabteil anzuschauen. Wirklich alles war perfekt für Elias und er hoffte sehr das alles klappen würde.

Elias verabschiedete sich von der Vermieterin und sie sagte zu ihm das er bald Bescheid bekommen würde über die Entscheidung.

Es vergingen zwei Wochen und Elias war sich mittlerweile sicher dass er keine Chance mehr auf die Wohnung hatte, dennoch entschied er sich eine E-Mail an die Vermieterin zu schreiben und nach dem Stand zu fragen, er rechnete mit einer Absage. Die Antwort von der Vermieterin ließ nicht lange auf sich warten und er las den Satz „Sie haben den Zuschlag bekommen." Elias las die E-Mail ganze dreimal um sich sicher zu sein und dann sprang er auf vor Freude, er rannte in das Wohnzimmer von seiner Mutter und zeigte ihr die erfreuliche Nachricht, seine Mutter freute sich unheimlich für ihren kleinen Sohn. Es dauerte auch nicht lange und Elias fing mit dem Packen seiner Sachen an, immerhin kann er schon in drei Wochen in die Wohnung einziehen. Auf einmal musste er Planen was er noch an Möbeln braucht und er schrieb sich eine ganze Liste mit allem was er brauchte. Die Mieterin die zuvor in der Wohnung wohnte bot Elias an, die Küche und das Sofa für einen sehr fairen Preis abzukaufen und er akzeptierte es, die Küche war ohne Tadel und das Sofa so gut wie neu aus und immerhin hatte er schon zwei Probleme weniger. Die nächsten zwei Wochen kümmerte Elias sich darum alle Möbel zu besorgen die er für seine erste eigene Wohnung brauchte. Seine Mutter bot ihm selbstverständlich auch einige Sachen an die sie aufgehoben hatte und Elias sich nicht extra kaufen musste, da bemerkte Elias erst einmal wie teuer und stressig so ein Auszug sein kann. Der Tag des Umzugs kam, alles war vorbereitet, Elias hatte alles abgebaut und ordentlich verpackt, einige Freunde kamen um ihm beim hinuntertragen zu helfen. Sie hatten einen Transporter organisiert und es dauerte auch nicht lange bis alles aus der alten Wohnung unten und im Transporter eingeladen wurde dennoch war es anstrengend und das Wetter machte Probleme machte, es war sehr kalt und es schneite.

Das Wetter hielt sie dennoch nicht auf und sie fuhren zur Wohnung und tatsächlich ging es auch relativ schnell alles hinaufzubefördern, das wichtigste war erst einmal das Bett damit Elias eine Schlafmöglichkeit hatte. Die Männer kümmerten sich um die schweren Möbel und seine Mutter erledigte bereits die Kleinigkeiten, alles lief super. Elias großer Bruder Fabian war bei seinem Umzug lediglich keine große Hilfe er war beim Fußball und betrank sich, spät am Abend kam er erst in die Wohnung die bereits bis auf Kleinigkeiten fertig eingerichtet war. Fabian wollte in seinem betrunken Zustand unbedingt den Spiegelschrank für das Badezimmer zusammen bauen, alle anderen waren genervt von Fabian da er nichts dazu beitrug und mit seiner alkoholisierten Art nur nervte. Fabian war auch nicht lange bei Elias bis seine Freundin ihn dort abholen musste, zu allem Übel baute Fabian den Schrank auch noch falsch auf und Elias musste ihn wieder komplett auseinander bauen, Elias war stinksauer auf seinen Bruder. Elias hatte bereits bei so vielen Umzügen von Fabian geholfen und da brauchte er einmal die Hilfe seines älteren Bruder aber er enttäuschte seinen kleinen Bruder mal wieder.

An diesem Abend schafften Elias, seine Freunde und Familie wirklich sehr viel, sodass Elias die darauffolgenden Tage alles restliche alleine erledigen konnte.

Da war Elias nun in seiner ersten eigenen Wohnung, er fühlte sich tatsächlich etwas erwachsener und alles war surreal für ihn aber er konnte jetzt einfach leben ohne das seine Mutter ein Zimmer entfernt von ihm ist und diese Freiheit gefiel Elias sehr.

Nach und nach nahm die Wohnung von Elias mehr Gestalt an, er richtete sie sich so ein wie er es wollte. Die Möbel hatten einen dunklen Ton und meist leicht schwarze Akzente und das zog sich durch seine ganze Wohnung, es ist farblich sehr gut abgestimmt und genau nach dem Geschmack von Elias. Über dem Sofa hat er eine Fotoleinwand hängen von einem seiner eigenen Bilder die er gemacht hatte, eine Blumenwiese bei einem Herbstvollen Tag, im Hintergrund sieht man die Sonne durchschimmern und hinter der Blumenwiese ein dezenter Nebelschimmer, Elias liebte dieses Bild.

Elias ist generell sein sehr ordentlicher Mensch und so behandelte er auch seine Wohnung, sie war immer geputzt und ordentlich aufgeräumt, darauf lag er sehr viel Wert und er vermeidet es Unordnung zu machen, deshalb wollte er oft nicht das sein Bruder Fabian zu ihm kommt denn er wusste genau das er seine Ordnung durcheinander bringen würde und im schlimmsten Fall brachte Fabian seinen Hund mit, Elias liebte den Hund von Fabian aber nicht wenn er in seiner eigenen Wohnung ist, er mochte es nicht wenn überall die Haare von Fabians Hund dort herumschwirren und die Küche wurde auch jedes Mal dreckig weil Fabians Hund sein ganzes Essen und Trinken in der Küche verteilte. Elias mochte einfach seine Ordnung und wenn das jemand durcheinander bringt könnte Elias explodieren.

Besuch empfing Elias sehr selten nur wenn es wirklich sein musste, nur seine Mutter darf regelmäßig kommen sie war der einzige Mensch die so ähnlich ist wie Elias und er wusste ganz genau das seine Mutter immer keine Probleme in seiner Wohnung machen würde, wenn sie kam machte Elias meist einen Kaffee oder einen Tee für seine Mutter. Die beiden sprachen über ihren Tag oder über die Woche im allgemeinen. Dann setzten sich die beiden raus auf den Balkon und rauchen eine Zigarette. Die Aufenthalte seine Mutter sind oftmals nicht lange und das machte Elias immer wieder etwas Traurig, er braucht nie einen Menschen in seiner Nähe aber wenn er jemanden bei sich haben wollte dann seine Mutter, aber leider hatte sie nicht immer viel Zeit für ihn.

Das Alleinsein gefiel Elias auf der einen Seite sehr gut aber auf der anderen Seite nahm ihn die Einsamkeit auch schwer mit, die meisten seiner Freunde sind in einer Beziehung und sind ebenfalls berufstätig was alles nicht vereinfachte, an den Wochenenden traf er sich oft mit einem Kumpel zum Fußball oder sie gingen in einer Bar was trinken, aber das erfüllte Elias so gar nicht. Das Leben das er führt mochte er nicht und er war sehr unzufrieden mit sich aber was er ändern müsste oder wollte weiß er selbst nicht. An schlimmen Tagen wenn die Einsamkeit ihn überrollt greift er zum Alkohol, früher war es öfters Bier gewesen mittlerweile trank er lieber Wein, egal ob roten oder weißen, aber halbtrocken musste er sein, manchmal ging auch Lieblich. Diese Momente geprägt von Einsamkeit überkamen Elias nicht oft, aber wenn sie kamen rissen sie ihn in ein Loch und dieses Loch war endlos, am nächsten Morgen bereute er jedes Mal seine Entscheidung Alkohol zu trinken, dabei trank er mittlerweile wirklich selten und genehmigte sich nur am Wochenende mal ein Glas Wein.

Mit einem Kumpel aus seiner Fußballmannschaft freundete sich Elias gut an, Olli war ungefähr zwei Köpfe größer als Elias und zehn Jahre älter aber die beiden hatten eine sehr gute Chemie miteinander, die Beiden verbindet das Singleleben, beide hatten keine Freundin aber dafür sich und die beiden trafen sich regelmäßiger. Elias wusste das Olli gerne Kifft aber ihn störte das nicht, Elias lebte mit der Einstellung „Jeder soll so Leben wie er möchte". Elias hatte in seinem Leben nur einmal einen Joint geraucht die Erfahrung war „OKAY" er musste viel lachen und schlafen konnte er wie ein Baby. Olli fragte Elias des Öfteren ob er nicht zusammen mit ihm kiffen wollte aber Elias lehnte immer höflich ab und Olli war vollkommen fein damit und respektierte das.

Es war mitten im Sommer, Elias war maximal genervt von der Arbeit und seiner dummen Chefin, in diesen Tagen nervte ihn wirklich alles und er konnte nicht mehr, er wollte aus der Realität entfliehen und runterkommen er hasste es an sich selbst wenn er so genervt war und es an anderen Menschen ausließ, er verabredete sich mit Olli und dieses Mal wollte er mit ihm zusammen kiffen. Die beiden trafen sich bei Elias in der Wohnung, Olli brachte alles mit was die beiden benötigten. Olli drehte einen Joint und sie setzten sich auf den Balkon, Elias

genoss den Joint und war da wo er sein wollte
„Irgendwo anders bloß nicht in der Realität".
Die beiden haben zusammen gelacht, sahen sich Videos
an oder spielten auf der Nintendo Switch und was sie am
liebsten machten war es die Nachbarn zu beobachten
und das war „High" direkt eintausendmal besser.
Wahrscheinlich klotzen die beiden gerade einmal fünf
Minuten in die anderen Wohnungen aber für sie fühlte es
sich an wie Stunden. An diesem Abend rauchten sie
insgesamt drei Joints zusammen. Elias war sehr
entspannt aber ein kleines Gefühl von Herzrasen
überkam ihn hin und wieder, am nächsten Tag ging er
ganz gelassen auf die Arbeit.

Kapitel 14
Lust

Es war Anfang März, es war ein sehr kalter März
gewesen und Elias nutze die Zeit um fotografieren. Oft
war es nicht so angenehm da die Hände dabei immer
sehr kalt geworden sind, es war das erste Mal für ihn das
er in die Stadt ging zum Fotografieren und es war ihm
etwas unangenehm mit seiner Kamera durch die Straßen
zu laufen und irgendwelche Blicke von den laufenden
Passanden abzubekommen, deshalb suchte er immer
wieder nach passenden Orten an denen nicht viele
Menschen waren. Seine Stadt gab ihm nicht viele
Möglichkeiten oder Sehenswürdigkeiten die für Elias
besonders ernennenswert gewesen waren auch fehlte
ihm zu diesem Zeitpunkt komplett die Inspiration

irgendwas zu finden woran er etwas erkennen konnte was für ihn eine besondere Ästhetik hatte. Er schaffte es dennoch ein paar schöne Schnappschüsse zu machen. Zuhause bearbeitete er die Bilder und dann veröffentlicht er seine Bilder auf Instagram. Auf seine Bilder bekam er immer wieder gute Resonanzen. Er wünschte sich jedes Mal das ihn jemand anfragen würde Bilder von der Person zu machen aber es kam immer nichts von außenstehenden Personen und darum betteln wollte Elias auch nicht das wäre erbärmlich. Einmal hatte er zwar eine Anfrage in seiner Instagram Story gestellt aber darauf kamen keine Nachrichten. Elias hätte für seine Fotografie nicht einmal Geld verlangt, ihm ging es rein um den Spaß und die Leidenschaft die er beim Fotografieren hatte. Es kam der Tag an dem ihm eine seiner Follower anschrieb, Lisa war ihr Name und beide kannten sich nicht persönlich. Die beiden schrieben sich ganz normal hin und her und fragten sich über persönliche Sachen aus, sie war zwei Jahre jünger als Elias und macht gerade ihr Abitur an dem Gymnasium das nur fünfhundert Meter entfernt von Elias Wohnung war. Die beiden verstanden sich gut und mochten sich auch, Elias fand Lisa auch ganz attraktiv, sie hatte schöne Bilder von sich auf ihrem Instagram Profil. Sie hatte braunes langes Haar, trägt eine Brille, ist sehr schlank und was sehr auffiel war ihr großer Busen. Er fand heraus das sie gerne Tennis spielt und nach dem Abitur Grundschullehramt studieren möchte und das passt auch gut zu Lisa. Lisa mochte die Bilder von Elias und das schrieb sie ihm auch immer wieder. Sie erzählte Elias das sie gerne von sich „Professionelle" Bilder wollte und fragte daraufhin ob Elias das machen würde und natürlich sagte er ja.

Er fragte Lisa was sie sich denn vorstellt und sie erzählte ihm das sie gerne in einem Wald oder in der Stadt bei einer schönen Abendbeleuchtung Bilder machen wollte. Elias hätte es gerne gemacht da war nur ein Problem und zwar sein eigener Kopf, er hatte Angst, er hatte Angst davor eine Frau zu treffen mit der er noch nie persönlich ein Wort wechselte und er hatte Angst davor das er keine guten Bilder machen würde obwohl er immer gute Bilder machte. Elias schob somit immer wieder die Treffen auf und Lisa machte zwischenzeitlich mit einer Freundin eigene Bilder in der Stadt. Er war von sich enttäuscht das er es nicht hinbekommen würde, jetzt wo er mal eine „Kundin" hatte die seine Dienste wollte. Die nächsten Tage wurden die Chats zwischen Lisa und Elias etwas intimer und sie erzählte ihm das sie gerne Unterwäschebilder von sich machen würde und Elias war absolut überfordert damit, er hatte vor einigen Jahren schon einmal so eine Anfrage bekommen aber abgelehnt, auch dieses Mal war er sich sehr unsicher was er machen sollte und in welche Richtung sich das ganze entwickeln würde, immerhin hatte Lisa ihm auch erzählt das sie Elias sehr attraktiv finden würde. Elias macht seine Skepsis bekannt und ist sehr vorsichtig ob er das machen wollen würde. Die beiden beschließen sich zu treffen und wenn sie es beide wollen auch Bilder zu machen und wenn sie es nicht wollen dann machen sie einen entspannten Abend. Elias lädt Lisa zu sich nach Hause ein, sie parkte ihr Auto auf dem Schulparkplatz von dem Gymnasium das sie besuchte, Elias holte sie dort ab. Sie nahmen sich zur Begrüßung in den Arm und während sie zur Wohnung liefen unterhielten sie sich. Elias war sehr nervös aber zeigte es nach außen nicht.

Sie kamen in der Wohnung an und sie unterhielten sich noch einige Minuten, sie lachten auch viel gemeinsam, Elias bemerkte das Lisa sehr viel geredet hatte und auch etwas Laut in ihrem Ton war was ihn etwas nervte.

Elias sagte entspannt,

„Also wollen wir die Bilder machen?"

Lisa antwortete,

„Möchtest du erst die Bilder machen oder etwas anderes?"

Elias schwieg einen kurzen Augenblick und sagte daraufhin mit nervöser Stimme,

„Was möchtest du denn machen?"

Lisa steht auf und geht direkt zu Elias und sagte,

„Du weißt was wir machen können."

Sie küssten sich und das direkt sehr intensiv, Elias und Lisa küssten sich für fünf Minuten im Wohnzimmer und küssten sich als gäbe es kein Ende. Elias lehnte Lisa gegen den Tisch und fing an ihre großen Brüste zu kneten.

Elias sagte zu Lisa,

„Komm mit."

Er nimmt Lisa an die Hand und nimmt sie mit in sein Schlafzimmer, er zündete eine Kerze an und stellte sie auf den Nachttisch, Lisa küsste Elias als würde sie ihn mehr als alles andere auf dieser Welt wollen, sie zog Elias direkt alles aus bis er nackt vor ihr stand, mit ihrer rechten Hand nahm sie den erregten Penis von Elias und bewegte ihn sanft vor und zurück. Elias zog Lisa aus, sie hatte schwarze Dessous an aber er zog ihr die Dessous nicht aus er mochte den Anblick von Lisa in ihrer Unterwäsche. Die beiden zogen sich aneinander heran, Lisas Hand immer noch an Elias Penis und Elias packte mit seiner linken Hand an Lisas Po und mit seiner rechten Hand ging er zu ihren großen weichen Brüsten. Elias legt Lisa langsam in das Bett und fängt an sie am Bauch zu küssen und geht ganz langsam immer weiter herunter mit seinen Küssen, er zieht ihr das schwarze Höschen beiseite und fängt an mit seiner Zunge ihre feuchte und warme Vagina zu lecken, Lisa gefällt es wie Elias sie leckt, sie nimmt ihre Hand auf Elias Kopf und fährt mit ihren Fingern zwischen seine Locken. Elias Arme umschlingen die Beine von Lisa, für fünf Minuten stöhnt Lisa immer wieder laut auf durch das befriedigende Gefühl wie Elias mit seiner Zunge an ihrer Vagina spielt. Elias hört langsam auf und küsst sich wieder nach oben, aus dem Nachttisch nimmt er sich ein Kondom und stülpt es über seinen erregten Penis, langsam steckt er seinen Penis in die Vagina von Lisa, seine Bewegungen werden rasant schneller und beide stöhnen immer wieder laut auf.

Lisa stöhnt laut auf,

„Fick mich Elias!"

Elias Stöße werden immer härter und während er härter zustößt wird das stöhnen von Lisa immer lauter, Elias nimmt die Beine von Lisa hoch, er umklammert sie und nimmt sie immer härter und intensiver. Elias nimmt seinen Penis heraus und legt sich auf den Rücken, Lisa steigt auf ihn und sie steckt sich vorsichtig Elias Penis in ihre Vagina und sie fängt an Elias zu reiten, Elias hängen die zwei wundervollen und großen Brüste im Gesicht, er knetet sie und leckt an ihren Nippeln.

Elias packt Lisa an ihrem Po und bewegt ihren Hintern auf und ab und dazu bewegt er sein Becken auf und ab damit sie ihn härter reitet, das Atmen von Elias wird von Sekunde zu Sekunde lauter und das stöhnen von Lisa noch lauter. Elias nimmt sie von sich herunter. Lisa positioniert sich um, sie geht auf die Knie und stützt sich mit ihren Armen auf dem Bett ab und Elias packt ihren Hintern ganz fest und nimmt Lisa jetzt hart von hinten, man hört nur noch das laute aneinander klatschende Geräusch und das stöhnen der beiden. Elias bleibt für fünf Minuten in dieser Stellung bis er seinen Penis herausnimmt und das Kondom von seinem Penis nimmt. Elias steht vor Lisa und sie küsst sich von seinem Hals herunter zu seinem Körper bis sie an seinem Penis angekommen ist, sie nimmt seinen Penis in den Mund und lutscht ihn anfangs sehr langsam und intensiv, nach zwei Minuten wird Lisa immer schneller und intensiver. Elias hat seine Hand an ihrem Kopf und drückt sie immer wieder etwas leicht hoch und runter. Nun stöhnt Elias immer öfter und nach fünf Minuten nimmt er seinen Penis aus ihrem Mund und sagt,

„Ich komme gleich!"

Lisa kniet vor Elias, sie hält den Mund auf und mit ihren Händen drückt sie ihre Brüste zusammen und hält sie etwas höher. Elias kommt zum Samenerguss und spritzt Lisa etwas in den Mund und auf ihre wunderschönen Brüste. Nachdem Elias fertig war nimmt Lisa noch einmal seinen Penis in den Mund und lutscht ihn zärtlich.

Die beiden küssen sich und Elias hilft Lisa sich sauber zu machen, sie gehen duschen, aber getrennt, erst Lisa und dann Elias. Es verging fast eine ganze Stunde im Schlafzimmer. Während Lisa sich duschte, zündete Elias sich eine Zigarette auf dem Balkon an. Lisa war fertig und da stand sie wieder mit ihren schwarzen Dessous vor Elias, sein Verlangen nach ihr wurde bei dem Anblick direkt stärker. Er duschte sich kurz kalt ab und zog sich wieder Klamotten an. Nach ihrem Sex machten die beiden nun ihre Bilder, Lisa sah richtig sexy aus in ihren Dessous, ihr Hintern war so schön rund und kam sehr gut zur Geltung mit dem String. Ihre großen Brüste sahen perfekt aus in ihrem BH der etwas Spitze hatte. Lisa posierte in sämtlichen Stellungen vor Elias und sie sah auf jedem Bild gut aus. Lisa zog sich nach dem „Shooting" wieder an, die beiden unterhielten sich noch kurz und dann brachte Elias Lisa wieder zu ihrem Auto und sie verabschiedeten sich mit einer Umarmung. Elias war nun wieder alleine und fragte sich,

(Was ging gerade ab?)

Er fasste nicht was gerade passiert war, er hatte plötzlich Sex und es war sehr schön, aber die Verabschiedung war etwas unangenehm. Elias setzte sich an seinen Laptop und fing an die Bilder etwas zu bearbeiten, viel war nicht zu bearbeiten und der Anblick bringt Elias fast dazu wieder Lust zu verspüren. Er schickte sie zu und sie bedankte sich sehr höflich bei Elias, sie bot ihm an vielleicht mal wieder ein „Fotoshooting" machen zu können, aber Elias antwortete sehr zurückhaltend, das war irgendwie nicht das was er sich vorstellte. Er findet Lisa zwar nett aber für eine Beziehung fehlte ihm der Funke und ob er noch einmal ein Fotoshooting mit Happy End wollte bezweifelte er stark. Elias kommunizierte danach das er das nicht noch einmal machen würde und das sie Freunde bleiben können, Lisa stimmte zu und erzählte Elias das sie sich eine Beziehung vorstellen konnte. Elias und Lisa haben nie wieder miteinander geschrieben und ein Wiedersehen gab es auch nicht.

Kapitel 15
Depressionen

Elias verbrachte in diesem Sommer immer mehr Zeit mit seinem Fußball Kumpel Olli, sie verbrachten viele Abende zusammen, tranken Bier oder rauchten mehrere Joints miteinander. Diese Veränderung tat Elias nicht gut aber das sah er zu diesem Zeitpunkt selber noch nicht. Elias und Olli wollten an einem Freitagabend zu Elias Bruder Fabian gehen, sie planten bei ihm zu grillen. Elias und Olli besorgten das Essen, Snacks und Getränke. Olli hatte natürlich Gras dabei und die dazugehörigen Utensilien. Sie fuhren zu Fabian der gerade erst von der Arbeit kam, er arbeitete mittlerweile in einem Autohaus als Lagerist und nebenbei arbeitete er immer wieder mal in der Werkstatt eines Freundes. Fabian stellte sich an seinen Gasgrill, während Olli bereits den ersten Joint drehte, Elias trank ein Bier. Die drei lachten ohnehin schon viel da brauchten sie eigentlich gar kein Joint miteinander rauchen. Die ersten Steaks, Bratwürste und Grillfackeln waren fertig und sie machten sich ans Essen, was gibt es besseres als an einem wunderschönen Sommertag abends zusammen zu sitzen, grillen, trinken und entspannen. Circa eine Stunde nach dem die drei fertig gegessen hatten und ein paar Bier getrunken hatten, wollten Olli und Elias einen Joint rauchen, Fabian wollte erst nicht und war nicht so begeistert er hatte immerhin zuvor noch nie einen Joint geraucht. Olli zündete den Joint an und zog zweimal kräftig daran und gab ihn an Elias weiter, er zog dreimal an dem Joint, lehnte sich zurück und pustete den Rauch aus, er sah zu Fabian hinüber und deutete mit seiner Geste wie er seinen Arm mit dem Joint in der Hand hielt darauf hin ob er auch ziehen wollte. Fabian nahm den Joint und zog einmal kräftig daran, für fünf Sekunden behielt er den Rauch in seinen Lungen bis er das husten anfing und Elias und Olli darüber lachen mussten wie Fabian hustet. Der Joint wanderte wieder zurück an Olli und so drehte er seine Runden bis der Joint ausgeraucht war. Fabian zeigte als erstes eine Reaktion er fing unkontrolliert das Lachen an und war etwas aufgedreht, während Olli und Elias nur zurücklehnend auf ihren Stühlen saßen und mit ihren Sonnenbrillen auf der Nase zu Fabian hinübersahen und plötzlich das Lachen anfingen. Die drei lachten wie Affen darauf los ohne einen wirklichen Grund zu haben. Fabian war etwas überfordert, diesen Rausch hatte er zuvor nicht erlebt, ihm ging es zwar nicht schlecht aber bereits nach zwanzig Minuten legte er sich auf die Couch und schlief ein, was Olli und Elias umso lustiger fanden. Elias fühlte sich sehr entspannt als würde er schweben, jeden Schritt den er ging war als würde er über den Boden gleiten, in einem anderen Moment fühlte er sich als würde er merken wie die Erde sich kreiste und das fand er sehr lustig und er bemerkte das der Balkon von seinem Bruder schief liegt und etwas eine Neigung hatte. Er saß sich wieder zu Olli dem man nichts anmerkte außer die pure Entspanntheit er hatte nur ein breites Grinsen in seinem Gesicht. Nun kamen die Fressflashs und die beiden bedienten sich an ihren Snacks die sie mitgebracht hatten, sie haben an alles gedacht, Chips, Gummibärchen, Schokolade einfach alles worauf man nur Lust haben konnte, ein süßes Getränk durfte auch nicht fehlen. Die Kiste Bier fassten die beiden an diesem Abend nicht mehr an, es war überhaupt nicht mehr reizvoll für die beiden und Lust hatten sie darauf auch nicht mehr. Sie tranken lieber eine Cola oder einen Energy Drink und beim Trinken spürten sie wie intensiv der Geschmack wurde, die Cola war plötzlich so lecker wie keine andere Cola zuvor. Nach einer Stunde drehte Olli den nächsten Joint den die beiden nun alleine rauchten, Fabian schlief wie ein Baby auf der Couch und hin und wieder kontrollierte Elias ob sein Bruder noch atmete selbst diese Situation war zum Totlachen für Elias und Olli. Der zweite Joint machte die Runde und es war mittlerweile etwas dunkler geworden aber kalt wurde es noch lange nicht, die Sonnenbrille trugen die beiden konstant auf ihrer Nase, wahrscheinlich hatten sie schon vergessen das sie überhaupt eine getragen hatten. Elias und Olli schauten sich die Sterne an und unterhielten sich über Gott und die Welt es war herrlich, wenn das jemand gefilmt hätte wäre das bestimmt besser als jede TV Show auf RTL II. Nach einer gewissen Zeit wachte Fabian auf und lief tapsend zum Balkon und als er zwischen der Balkon Tür stand sahen Olli und Elias auf ihn und fingen direkt wieder das Lachen an. Fabian berichtete das er die Erfahrung nicht so lustig fand einen Joint zu rauchen wobei man ihm nichts schlechtes anmerkte, er griff sich ein Bier aus der Kiste und setzte sich zu Olli und Elias. Nun ging der Abend zu dritt weiter, sie drehten die Musik auf und hatten richtig gute Laune. Es dauerte nicht lange und Olli drehte den dritten Joint an diesem Abend. Den teilte er sich wieder mit Elias zusammen, Fabian lehnte ab und blieb bei seinem Bier. Die drei machten lustige Gruppenfotos von sich, sie mussten sich nicht einmal anstrengen ein schönes Grinsen zu zaubern, es war von ganz alleine auf ihren Gesichtern und es war wahrscheinlich das schönste und natürlichste Lächeln was man je gesehen hatte. Das letzte Bild was sie machten war das lustigste, sie drehten sich mit ihren Po zur Kamera und zogen die Hosen herunter, das Bild beschreibt drei Männerhintern die voll zu gedröhnt sind, besser kann doch ein Abend gar nicht laufen. Fabian trank in der Zeit nachdem er wieder aufgewacht war vier Bier und entschloss sich dann wieder schlafen zugehen.

Olli und Elias legten sich auf die Couch und schauten sich eine Komödie an, sie lachten so viel das ihre Bäuche anfingen zu krampfen, es war mittlerweile kurz nach Mitternacht, der Film war vorbei und die beiden gingen schlafen. Olli ging in das Gästezimmer und Elias schlief auf der Couch. Die Nacht konnte Elias ohne

Probleme schlafen wie immer wenn er einen Joint zuvor geraucht hatte. Er wachte auf und ihm ging es super, keine Kopfschmerzen, kein Körperteil empfand schmerzen, er war super entspannt. Nach und nach wachten die anderen auf und alle waren super drauf, Fabian wusste teilweise nicht mehr was passiert war aber alle lachten nur darüber. Es war Samstag und an diesem Tag hatten Olli und Fabian ein Fußballspiel, sie waren definitiv top vorbereitet, der eine komplett zugedröhnt und der andere war noch leicht alkoholisiert.

Das Fußballspiel war sehr hitzig es gab viele Fouls und die Spannung war extrem, die Mannschaft von Olli und Fabian verlor das Spiel knapp in der Nachspielzeit mit 3:2.

Elias mochte das Gefühl vom High sein, aber zum Glück nicht so sehr um davon abhängig zu werden, er rauchte selten Joints aber er merkte das es etwas mit ihm machte und ihn veränderte. Auf der Arbeit wird er oft träge und noch schneller genervter als sonst, er hatte das Empfinden das seine Konzentrationsfähigkeit nachlassen würde, er entschied für sich komplett das Rauchen von Joints zu unterlassen obwohl es ihn immer wieder beruhigt hatte und er damit gut schlafen konnte. Die nächsten Wochen wurden immer schwieriger für Elias, sein Verhalten war komisch geworden, er war auf einmal sehr reizbar, die Arbeit machte ihn seelisch kaputt alles um ihn wurde ihm zu viel und immer wieder dachte er daran das ihm ein Joint eventuell helfen könnte, aber zeigte Stärke und entschied sich dagegen, er dachte immer wieder an das Herzrasen das er bekam wenn er Joints rauchte und wie sehr ihn das stresste und dabei eine leichte Angst dabei verspürte. Langsam ging es in den Herbst, die kalte Jahreszeit zog Elias nur noch mehr in den Dreck als er sich zuvor schon fühlte, sein Schlaf verschlimmerte sich zunehmend, es gab keine Nacht ohne panisches aufwachen. Schweißgebadet in seinem Bett lag er oft da und wusste nicht weiter. Ihm wurde zunehmend alles zu viel um ihn herum, er fühlte sich noch mehr alleine als er es sonst immer verspürte, er sperrte sich regelrecht Zuhause ein und eines abends fing sein Herzrasen an ohne das er einen Joint rauchte oder Alkohol trank, er war komplett nüchtern und da kam dieses Herzrasen und dieses Gefühl das ihm die Luft wegbleiben würde, er war komplett überfordert und hilflos in dieser Situation er setzte sich auf seinen Balkon damit er an der frischen Luft draußen war und manchmal zündete er sich eine Zigarette an. Er wollte irgendwie dieses unangenehme Gefühl loswerden, es hielt oft für mehrere Minuten an und kam dafür öfter am Abend wieder, manchmal ging es auch nach kurzer Zeit vorbei. Hin und wieder versuchte er diesem Gefühl aus dem Weg zu gehen, indem er sich in sein Bett lag und versuchte zu schlafen, dies half ihm aber so gut wie gar nicht. Elias zerbrach sich den Kopf er hatte Angst das er Probleme mit dem Herz haben könnte, seiner Familie verschwieg er sein Geheimnis immer wieder, er dachte sich das es vielleicht nur eine Phase sei die bald endet. Einer Person vertraute er sein Geheimnis an, seiner Psychologin, Elias geht bereits seit drei Jahren zu seiner Psychologin und die Gespräche haben Elias immer sehr gut getan, er konnte einfach drauf los reden und alles erzählen was ihm auf dem Herzen lag. Meist waren die

Themen, wie scheiße er die Arbeit findet und wie unglücklich er allgemein mit sich ist. Seine Psychologin erzählt Elias das seine Symptome Nebenwirkungen von dem Cannabis Konsum sein können und sein Körper eine Reaktion zeigt und ein Verlangen nach Cannabis hat. Was er tun kann, es aussitzen, einen kalten Entzug machen quasi.

Die Verfassung von Elias wurde von Tag zu Tag schlimmer, er trank wieder mehr Alkohol um das andere Problem auszublenden. Das Haus verließ er immer seltener, er weinte oft, für die Arbeit überlegte er sich billige Ausreden und ließ sich krankschreiben. In einer der weiteren Sitzungen mit seiner Therapeutin kam immer wieder das Wort „Depressionen" auf, Elias sah mittlerweile ein das er ein psychisches Problem hatte, er wollte sich zwar nie etwas antun obwohl er oftmals an seinem Balkon Geländer stand und sich dachte „Einmal kurz da runter und alle Probleme wären vorbei".

Nein Elias ist nicht der Typ der sich selbst verletzen würde oder überhaupt könnte, er isolierte sich. Er war bereits mehr als vier Wochen nicht mehr auf der Arbeit, aus dem Bett kommt er nur schwerfällig, die Wohnung verließ er nur wenn es sein musste und das war alle zwei Wochen einmal zum Einkaufen.

Sein Arzt bestätigte die Diagnose von seiner Therapeutin „starke Depressionen", Elias bekam Antidepressiva verschrieben aber er weigerte sich diese einzunehmen, er wollte nicht unter Medikamenten stehen, er wollte nicht davon abhängig werden. Der Zustand wurde immer schlimmer, Elias schlief teilweise drei Tage am Stück keine einzige Sekunde, er hatte das Gefühl langsam verrückt zu werden und sein Herzrasen und Atemprobleme kamen mittlerweile täglich und das jedes Mal stärker. Elias war am Ende und er wusste nicht weiter, er betrank sich jeden Abend um irgendwie aus seinem Problem herauszukommen, er stand oft davor einfach umzukippen da dieses Gefühl seines Herzrasens ihn immer mehr einspannte, dieses enge Gefühl in der Brust löste in Elias Panik aus, eine unkontrollierte Panik. Ende November, Elias ging seit zwei Monaten nicht auf die Arbeit. Es war Sonntag, seine Mutter wollte Elias besuchen, Elias lag auf der Couch und bemerkte wieder sein Herzrasen aber dieses Mal wusste er das etwas anders ist, sein Herz schlug so schnell wie nie zuvor, seine Atmung versagte plötzlich fast komplett er war hilflos, er lief durch seine Wohnung um sich irgendwie zu beruhigen aber es funktionierte nicht, er wollte es durchstehen bis seine Mutter kommt. Seine Symptome wurden immer schlimmer, er ließ sich nicht mehr beruhigen, seine Hänen und Beine wurden taub, er konnte nicht mehr laufen. Ihm wurde schwarz vor Augen. Es klingelt an der Tür, seine Mutter war da, er öffnete ihr die Tür und fiel ihr schon fast in die Arme, seine Mutter wurde ganz hysterisch sie wollte Elias ins Krankenhaus fahren, aber Elias konnte nicht, er kippte beinahe um wenn er versuchte zu laufen, sie setzte ihn auf die Couch und sagte ihrem Sohn dem immer wieder die Augen zufielen das er die Augen offen behalten sollte. Seine Mutter rief den Notarzt.

Elias beklagte sich das ihm schlecht sei, seine Mutter holte ihm schnell einen Eimer und nach zwei Minuten die Erlösung für Elias. Er erbrach sich und langsam ging es ihm von Minute zu Minute etwas besser. Körperlich war er unglaublich schwach und er legte sich sofort hin und versuchte die Situation zu verarbeiten. Die Notärzte trafen zwei Minuten nachdem Elias sich erbrochen hatte ein. Sie checkten alles ab bei Elias aber konnten nichts finden. Die Ärzte fragten bei Elias nach und wollten den Grund herausfinden für seine Symptome, er erzählte den Ärzten das er Depressionen hat. Den Ärzten war nun vollkommen klar womit sie es zu tun hatten, Elias hatte eine starke Panikattacke, zur Beruhigung für Elias war das eine Panikattacke keine schlimmen Auswirkungen auf den Körper hat, sondern nur eine Reaktion vom Körper ist der sich schützen will.

Elias bedankte und entschuldigte sich zugleich bei den Notärzten, er wollte ihnen keine Umstände machen, aber die Ärzte waren sehr verständnisvoll und sagten das es genau das richtige war den Notarzt zu rufen. Für den restlichen Tag war Elias körperlich ausgelaugt, er legte sich in sein Bett, machte das Schlafzimmer komplett dunkel und versuchte zu schlafen.

Ihm wurde klar er braucht Hilfe, am nächsten Tag ging er zu seinem Arzt und erklärte ihm was am Vortag passiert sei, sein Arzt nahm das sehr ernst und stellte einen Therapieplatz für Elias in einer Klinik bereit.

Einen Tag später ging er zu seiner Therapeutin und erzählte ihr von den letzten zwei Tagen, sie war sehr besorgt um Elias und hofft das ihm die Therapie helfen kann und er sich Zeit lassen soll während dem Klinik Aufenthalt.

Elias packt Zuhause für seine Therapie denn immerhin beginnt sie schon in zwei Tagen, am Donnerstag den 07.12. um 8.00 Uhr früh soll er dort sein.

Kapitel 16
Klinik
Teil I

Mittwoch der 06.12. Elias geht ein letztes Mal auf die Arbeit um sich von seinen Kolleginnen zu verabschieden denn er wusste nicht wie lange er fort sein würde. Die Kinder feierten an diesem Tag in der Kita „Nikolaus". Es war absolut komisch für Elias an diesem Tag auf die Arbeit zugehen, die Kinder freuten sich auf ihren Nikolaussocken und jedes Kind bekam einen persönlich zugeschrieben Brief vorgelesen der vom „Nikolaus" war. Die meisten seiner Kolleginnen wussten nicht einmal warum Elias nicht auf die Arbeit kam, er erzählte von seinem Zustand und den Ereignissen, sie waren geschockt und wünschten ihm nur das Beste. Für Elias war es ein richtiger Kampf an diesem Tag noch einmal auf die Arbeit zugehen, er wollte überhaupt nicht dorthin aber er fühlte sich dazu verpflichtet. Es tat ihm weh zu sehen wie sehr sich die Kinder gefreut hatten ihn wiederzusehen und Elias tat es weh die kleinen wieder zurückzulassen. Nach seinem kurzen Aufenthalt lief Elias wieder zurück in seine Wohnung, sein Arbeitsplatz war glücklicherweise nicht weit entfernt von seinem Zuhause, er musste lediglich zwei Straßen überqueren und einmal durch den Park laufen, ein Marsch von zehn

Minuten wenn überhaupt. Es war bereits bitterkalt geworden, Elias trug eine dicke Winterjacke und immer seine schwarze Wollmütze die ihm seine tolle Lockenpracht jedes Mal platt drückte, aber auf sein Äußeres achtete er in den letzten Wochen nicht mehr, zudem hatte er vor einigen Wochen in seinem Wahn und seiner Depression sich die Haare abrasiert, er hasste sich immer wieder dafür wenn er das tat aber das war für ihn ein Mittel um sich „Schmerz" zuzufügen. Es war besser als sich körperlich in irgendeiner Art und Weise zu schaden, die Haare brachten ihn aber dazu nicht mehr gerne in den Spiegel zu schauen und immer eine Mütze zu tragen. Er lief nach Hause, es schneite leicht, der Schnee blieb nicht einmal richtig auf dem Boden liegen und schmolz direkt wieder weg was die Straßen nur matschig machte. Er kam zu der Hauptstraße die er jeden Tag mindestens zweimal überqueren musste, einmal wenn er regulär auf die Arbeit ging. Während seiner depressiven Zeit hatte er bei dieser Hauptstraße einen Tunnelblick erschaffen, er achtete nicht wirklich ob ein Auto von links oder rechts gekommen war, er sah zwar immer kurz auf jede Seite aber wahrgenommen hatte er nicht ob ein Auto auf ihn zukam, er ging einfach auf gut Glück los und hatte wirklich immer wieder einen Schutzengel bei sich, denn das ein oder andere Mal wurde es sehr knapp und das Hupen der angepissten Autofahrer ignorierte er. Naja mit seinen Kopfhörern mit der Lautstärke komplett aufgedreht ging das auch immer ganz leicht. Er kam in seiner Wohnung an und packte seine Tasche gar fertig, er nahm seinen alten Schulrucksack und bekam einen kleinen Koffer von seiner Mutter, in den Koffer packte er seine ganzen Klamotten. Von der Klinik gab es eine List was er alles mitnehmen sollte, Sportkleidung, feste und wettertaugliche Kleidung und Schuhe, bequeme Kleidung, Bargeld. Das meiste hatte Elias bei sich, für Ablenkung falls er die bekommen würde, packte er sich ein paar Bücher ein und seine Kopfhörer durften nicht fehlen.

Tag 1

Elias Wecker klingelte sehr früh, er geht in das Badezimmer und putzt sich die Zähne danach wäscht er sein Gesicht und dann packt er seine Pflegeprodukte in seine Tasche. Am Vorabend hatte er sich bereits seine Klamotten bereitgelegt, er nahm sich eine Blaue Jeans, ein schwarzes T-Shirt und einen schwarzen Pullover und zog sich an. Seine Mutter holte ihn ab um dann gemeinsam mit Elias in die Klinik zu fahren, während er auf seine Mutter wartete rauchte er eine Zigarette auf seinem Balkon. Elias bekam eine Nachricht aufs Handy, seine Mutter hat ihm geschrieben das sie in zehn Minuten bei ihm ist. Elias machte sich startklar, er überprüfte ein allerletztes Mal ob er alles hat, er zog sich seine schwarze Winterjacke an und seine Wollmütze. Seine Turnschuhe trug Elias auch im Winter, ob ihm klar war das es keine optimalen Schuhe waren „JA" aber das interessierte ihn herzlich wenig, in seinen Turnschuhen fühlte er sich immer am wohlsten. Er nahm seinen Rucksack auf die Schulter und in seiner rechten Hand nahm er den kleinen Koffer, er schloss seine

Wohnungstür ab und ging langsam die Treppen hinunter und langsam überkam ihn das Gefühl von Angst und Unsicherheit aber es war zu spät um jetzt alles abzubrechen und er wollte unbedingt Hilfe. Der Kopf ist voller Gedanken, was sind da noch für Leute in der Klinik und was haben diese für Probleme, was genau werden sie dort mit Elias tun um ihm helfen zu können, so viele Fragen in so einem jungen Menschen der verzweifelt nach Antworten sucht und hoffentlich bald welche bekommen würde.

Seine Mutter ist angekommen, Elias wartete bereits an der Straße auf sie, im Kofferraum verstaute er sein Gepäck, er öffnete die Beifahrerseite und stieg ein mit einem bedrückten,

„Hallo Mama."

begrüßte Elias seine Mutter und seine Mutter erwiderte,

„Hallo mein Schatz, alles okay soweit bei dir?"

Elias antwortete knapp,

„Ja, passt schon."

Elias versank in seinem Beifahrersitz und lehnte sich mit seinem Kopf gegen die Fensterscheibe, seine Mutter hatte das Navi eingeschaltet, circa eine dreiviertel Stunde Autofahrt hatten die beiden vor sich. Elias war froh das die Klinik nicht weit weg von seiner Familie und seinem Zuhause war, es gab ihm ein Gefühl von Sicherheit immer zu wissen das seine Mutter in der Nähe ist. Die Autofahrt war überaus still, die einzige Stimme die öfter was sagte kam vom Navigationsgerät,

„An der nächsten Ampel rechts abbiegen."

Meine Fresse war das nervig, Elias will doch frühs nur seine Ruhe haben und das weiß seine Mutter deswegen sprach sie nicht viel mit ihrem Sohn. Die Fahrt ging relativ zügig vorbei. Das gab Elias Hoffnung wenn er irgendwann wieder entlassen wird schnell in seinem Zuhause zu sein. Die Klinik war sehr abgelegen, die Hauptstraße führte immer mehr rein in ein Waldgebiet, um sie herum nur noch Bäume, kein einziges Haus weit und breit zu sehen. Handyempfang „PFF" null Komma null. Das gute, die Landschaft war wirklich atemberaubend schön, sie fuhren immer höher in den Wald hinein. Elias bereute einen kurzen Augenblick seine Kamera nicht mitgenommen zu haben wobei er sich nicht sicher war ob er überhaupt Bilder machen wollte oder überhaupt die Anregung dazu finden würde. Sie waren nun unmittelbar vor ihrem Ziel, Elias sah ungefähr fünfhundert Meter vorher das große Gebäude, es war ein äußerst schönes Gebäude und hatte ein leichten „Touch" von einem Schloss oder einer Burg, es lag auf der rechten Straßenseite und auf der gegenüberliegenden Straßenseite lag ein anderes Gebäude das deutlich neuer und moderner aussah, beide Gebäude gehörten zur Klinik. Einhundert Meter nach den Klinikgebäuden war ein recht kleiner Parkplatz, die Klinik war so weit oben gelegen das der Schnee mindestens zehn Zentimeter hoch lag, seine Mutter versuchte ordentlich das Auto einzuparken, auf dem Schnee rutsche sie immer wieder etwas hin und her aber nach zwei Minuten schaffte sie es in ihre Endposition zu gelangen. Sie stellte den Motor ab und beide stiegen aus dem Auto. Elias geht an den Kofferraum und holt sein

Gepäck heraus er schließt den Kofferraum wieder und seine Mutter sperrt das Auto zu. Sie laufen die einhundert Meter zur Klinik, auf dem Berg war es gefühlt fünf Grad kälter als in der Stadt. Sie liefen auf den Vorderhof und sahen bereits einige „Patienten" die am Raucherplatz standen und eine Zigarette qualmten, sie liefen zehn Truppenstufen nach oben und gingen durch die Eingangstür. Rechts neben dem Eingang war eine große Garderobe in der mindestens fünfzig Jacken hingen und doppelt so viele paar Schuhe standen, ein Stückchen weiter vorne links die erste Tür war die Anmeldung. Elias klopfte zweimal vorsichtig und ging hinein, seine Mutter wartete vor der Tür im Flur. Er begrüßte die Frau die hinter ihrem Schreibtisch saß und sagte das er sich anmelden will, die Frau begrüßte ihn und gab ihm ein paar Formulare die Elias ausfüllen musste. Nachdem er alles ausgefüllt hatte bat ihn die Frau im Flur zu warten da würde ihn gleich eine Pflegerin abholen und ihm alles zeigen, er ging die Tür hinaus und ging zu seiner Mutter. Er sagte ihr das alles geklärt ist und ihn gleich eine Pflegerin abholt um ihm alles zu zeigen. Elias verabschiedete sich von seiner Mutter und sie nahm ihn in den Arm sie gab Elias einen Kuss auf die Wange und sagte zu ihm,

„Alles wird gut, ich denke fest an dich und melde dich bei mir wenn du kannst, ich hab dich lieb."

Elias antwortete,

„Okay Mama, danke für alles, ich hab dich auch lieb."

Seine Mutter ging die Tür hinaus und er saß sich auf einen der Stühle die im Flur standen, für fünf Minuten wartete er, bis ihn eine Pflegerin in Empfang nahm. Elias nahm seine Taschen und als erstes bekam er den Essensraum gezeigt, er hatte einen festen Sitzplatz und teilte sich mit drei weiteren Personen den Tisch, sie erklärte ihm das es feste Essenszeiten gibt und das es Pflicht ist zu diesen zu erscheinen. Er bekam einen Essensplan und konnte sich zwischen zwei Gerichten entscheiden, das Essen würde immer durch einen lauten Gongschlag eröffnet werden der neben dem Eingang hing. Den Flur weiter zeigte sie ihm den Gemeinschaftsraum, es war ein sehr großer und geräumiger Raum, rechts vom Eingang im Eck stand ein Klavier, geradeaus war ein kleiner Pavillon mit ein paar Stühlen und einem Bücherregal und hinten rechts war ein Spieletisch. Der Raum hatte aber noch eine Tür die zu einem kleinen Fernseherraum führte, er war oval und hatte sehr viele rote Akzente und in einem Halbkreis waren rote Sessel positioniert. Sie gingen wieder aus dem Zimmer heraus, den Flur entlang war eine Tür die zu einer Wendeltreppe führte, sie ging nach unten und nach oben, sie mussten in den zweiten Stock um in das Zimmer von Elias zu gelangen, da Elias sein Gepäck hatte fuhren sie ausnahmsweise mit dem Fahrstuhl nach oben, der nur für ältere Menschen vorgesehen ist. Im zweiten Stockwerk angekommen, lief die Pflegerin voraus, sie ging nach links und folgte dem Flur für zehn Meter dann bog sie nach rechts ab und die letzte Tür auf der linken Seite ging in sein Zimmer. Elias ging hinein, direkt auf der linken Seite war ein kleines Badezimmer mit einer Dusche, gegenüber von dem Badezimmer war ein kleines Ankleidezimmer wo er seine Klamotten verstauen kann, er ging weiter in das kleine Zimmer

hinein auf der linken Seite des Zimmers standen zwei
Betten mit einem Nachtisch daneben, das linke Bett war
bereits besetzt aber die dazugehörige Person war nicht
im Raum, auf der rechten Seite des Raumes war ein
kleiner Schreibtisch auf dem sich Elias Zimmergenosse
bereits großzügig ausbreitete und ein kleiner Tisch stand
links im Eck. Das Zimmer sah sehr kalt aus, der Boden
war grau, die Bettwäsche sah aus wie aus einem
Krankenhaus, freundlich und einladend sah anders aus.
Die Pflegerin ließ Elias alleine und sagte ihm bevor sie
gegangen war das abends am Essentisch der
„Therapieplan" für den kommenden Tag vorliegen
würde. An diesem Tag hatte Elias keine Therapie der Tag
war vollkommen dazu da um anzukommen und alles
etwas kennenzulernen. Er ging auf sein Bett zu und sah
das einzig farbige in diesem Raum war eine
orangefarbene Stofftasche mit einer orangefarbenen
Decke darin, er wusste überhaupt nicht wofür er das
brauchte oder ob das jemand dort vergessen hatte. Elias
lag nun in seinem Bett und fing an seine Situation zu
realisieren, ihm war bewusst geworden das er nun
wirklich in einer Klinik ist und das weil er Psychische
Probleme hatte, ihn bedrückte das so sehr das er das
Weinen anfing, nach einer Stunde klopfte es an der Tür,
es kam wieder eine Pflegerin hinein sie sagte zu Elias
das er gleich einen Termin bei seiner Ärztin hat. Er ging
ein Stockwerk tiefer und wartete, seine Ärztin kam
heraus und bat Elias herein, beide setzten sich und sie
erzählte Elias das sie die Chefärztin in dieser Klinik ist,
besser gesagt sie ist „Psychiaterin" sie machte auf Elias
einen wirklich sehr netten Eindruck. Sie wollte von Elias

seine ganze Geschichte hören wie es dazu kam das er jetzt hier sei und Elias erzählte ihr wirklich alles von Anfang bis Ende. Aus dem erzählten was sie sich Stichpunktweise mitgeschrieben hatte konnte sie viel über Elias herausfinden und konnte anhand des erzählten einen auf ihn persönlich zugeschnittenen Therapieplan erstellen. Sie fragte ihn wie er denn zu Medikamenten stand, er meinte das er zwar immer welche verschrieben bekam aber sie nie genommen hatte aber er war sich nun bewusst wenn er Hilfe wollte müsste er jetzt in den „sauren Apfel" beißen und auf ein Medikament bestehen, die Ärztin empfahl ihm ein leichtes Präparat zu nehmen das gegen seine Depressionen und die Schlafprobleme helfen würde und Elias war damit einverstanden. Seine Medikamente würde er jeweils morgens im Stationszimmer, einmal beim Mittagessen und einmal beim Abendessen bekommen. Elias ging wieder zurück auf sein Zimmer. Er lief die Wendeltreppe schleppend hoch, jeder Schritt fühlte sich so anstrengend für ihn an, er ging die Zimmertür hinein und seinen Zimmergenosse sah er auch das erste Mal, die beiden stellten sich einander vor und Elias fragte ihn etwas aus über die Therapien und die Abläufe oder wo er die richtigen Therapieräume finden würde. Stefan mit dem er sich sein Zimmer teilte war ein netter Typ, ein paar Jahre älter als Elias und ein ganzes Stück größer als er, an die zwei Meter war er bestimmt, er war bereits seit zwei Wochen in der Klinik wegen einem „Burnout". Stefan bot Elias an mit ihm in der nächsten Ortschaft einen Kaffee trinken zu gehen und Elias war damit einverstanden. In seinen Gedanken wollte er gar nicht aber er wollte sich ändern und aus seiner Phase herauskommen und so akzeptierte er den Vorschlag und ging mit. Sie zogen sich warm und wetterfest an. Die nächste Ortschaft war circa zwanzig Minuten von der Klinik entfernt es gab einen schönen Waldpfad den sie entlanggingen. Elias gefiel die Natur so unglaublich sehr, er fragte sich,

„Ob es im Sommer annährend so schön aussehen würde ohne den ganzen Schnee". Er bezweifelte es irgendwie. In einer kleinen Bäckerei setzten sie sich und lernten sich weiter kennen sie sprachen über Hobbys und Privates, sie verstanden sich gut und Stefan war ein ganz lustiger Typ vor allem die stotternde und stumpfe Lache von Stefan fand Elias sehr amüsant. Um 17:00 Uhr begann das Abendessen und so machten sie sich eine halbe Stunde zuvor auf den Rückweg, mittlerweile war es fast komplett dunkel geworden. Punkt 17:00 Uhr ertönt der Gong der das Abendessen einleitet, manche Patienten warteten bereits zehn Minuten früher und schlichen um den Essenssaal wie gierige Löwen die es kaum abwarten konnten sich auf die Beute zu schmeißen.

An Elias Tisch saßen Stefan und zwei Damen, die eine sehr klein und zierlich so um die Ende fünfzig und sie war sehr vergesslich wie sich herausstellte. Die andere Frau war so um die vierzig Jahre alt, sie hatte ein Problem mit ihrem Gewicht weshalb es für sie immer nur Salat zum Essen gab, sie waren sehr nett zu Elias und zeigten viel Verständnis. Der Tisch der vier war eine bunte Mischung, waren sie jetzt Freunde?

Elias war fertig mit seinem Essen, er räumte seinen Platz auf, verabschiedete sich von den beiden Damen und ging in sein Zimmer, Stefan war bereits nach oben gegangen. Auf seinem Tisch waren seine Medikamente und der Therapieplan für den nächsten Tag.

In seinem Zimmer lies Elias eines der Bücher die er mitgenommen hatte und um 21:45 Uhr war bereits Nachtruhe gewesen, seine Nacht war sehr unruhig er schlief nur für wenige Stunden und immer wieder wachte er auf.

Tag 2

Der Wecker klingelte um 06:00 Uhr zwar nicht bei Elias aber bei Stefan und das weckte ihn immer mit auf was gut war, so musste er sich nicht selber einen Wecker stellen, Elias ging in das Badezimmer und putze sich seine Zähne, er war es überhaupt nicht gewohnt so früh aufzustehen. Er zog sich eine Jogginghose, ein T-Shirt und einen Sportpullover von seiner Fußballmannschaft an. Um 06:45 Uhr musste er in das Labor, er ging die Treppen herunter und unten sah Elias, die wartenden Patienten, bereits fünfzehn Minuten vor der Medikamentenausgabe wie sie darauf geierten ihre Pillen oder was auch immer zu bekommen, ein Wunder das sie sich nicht gegenseitig geschlagen, gefressen oder sonstiges gemacht haben. Elias stellte sich ganz normal an und wartete. Punkt 06:45 Uhr, kam eine Schwester aus dem Stationszimmer und sah sich unter den Patienten um, sie sah Elias und bittet ihn herein, er wurde gefragt wie es ihm heute Morgen gehen würde und Elias antwortete,

„Es geht, ich habe nicht besonders gut geschlafen."
Er folgte nun einer Schwester weiter, er setzte sich auf einen Patientenstuhl und sollte einen Arm frei machen, da war ihm klar sie würden Blut nehmen wollen, (Davon stand aber nichts in den Formularen die er ausgefüllt hatte) dachte sich Elias.

Elias hatte in den letzten Jahren eine ziemliche Abneigung gegen Nadeln und das Gefühl der Blutabnahme entwickelt, mittlerweile war eine stressige Situation und löste direkt eine leichte Panikattacke in ihm aus, Herzrasen, Unwohlsein, Atemprobleme. Er wurde verrückt dabei und das alles bevor die Nadel in seinem Arm steckte, die Nervosität stand ihm im Gesicht geschrieben und egal bei welchem Arzt bei jedem musste er sich neu erklären das er Panik hat was das angeht und die Ärzte reagierten in den letzten Jahren immer wieder gleich, sie sagten,

„Das ist Interessant sie sind so viel tätowiert und haben dennoch Angst vor Nadeln?"
Elias antwortete jedes Mal gleich,

„Das ist etwas anderes."
Elias hatte am ganzen Körper Tattoos, außer im Gesicht und an den Händen überall an seinem Körper zeigten sich immer wieder mehrere kleine Tattoos die seine Haut ausfüllten.

Die Schwester die heute sein Blut abnahm hatte es geschafft Elias ablenken zu können und redete solange auf ihn ein bis es nach kürzester Zeit vorbei war.

Die Erleichterung war ihm deutlich anzusehen, er bekam nun noch seine Medikamente und ging, immerhin hatte er gleich seine erste „Therapie". Elias geht in den Keller der zum Gymnastikraum führte, in dem Raum waren mehrere Gymnastikmatten ausgelegt und Elias hatte von Stefan gesagt bekommen das er seinen orangefarbenen Stoffbeutel mit passender Decke zu jeder Therapie mitnehmen soll und die Info war auch sehr hilfreich weil Elias seine Decke auf die kalte Matte auslegen konnte und tatsächlich war das auch der Sinn und Zweck da die anderen Patienten dies auch gemacht haben.

07:00 Uhr, nun ging es los, der „Sonnengruß" ja genauso hieß die Therapie, Elias dachte sich seinen Teil aber er versuchte neutral zu bleiben und alles auf sich wirken zu lassen, er wollte unbedingt das ihm geholfen wird. Es kam eine junge, zierliche und schöne Frau herein, sie war Therapeutin spezialisiert auf Sport, Bewegung und Physiotherapie. Die halbe Stunde die nun vorbeiging wie im Flug war sehr entspannend, es war eine Art Yoga die sie machten es war sehr gut um in den Tag zu starten und Elias hatte schnell Gefallen daran gefunden. Es ging nun zum Frühstück, die meisten waren bereits um 07:00 Uhr beim Frühstück gewesen und wenn man Pech hatte, hatten die anderen Patienten nicht viel für die anderen übrig gelassen oder in ihrer Gier sich etwas für abends eingesteckt. Elias hatte bis zu seiner nächsten Therapie noch etwas Zeit und so ging er in sein Zimmer, ruhte sich etwas aus und blätterte in einem Buch, um 09:00 Uhr die nächste Therapie, „Autogenes Training". Elias setzte sich auf einen der Stühle, um ihn herum weitere

Patienten, eine Schwester war mit im Raum und führte die Therapie.

Eine leichte Meditationsmusik lief im Hintergrund, der eine Patient hatte damit genervt das er doch lieber eine CD von ACDC hören wollte aber seiner Bemerkung wurde nicht viel Aufmerksamkeit geschenkt. Die Schwester begann und sprach einige Sätze die sie im Verlauf immer wieder wiederholte. Die Patienten schlossen die Augen konzentrieren sich auf ihren Körper und Atmung um vollkommende Ruhe zu finden. Dabei wird die Aufmerksamkeit darauf gelenkt, den Körper in einen Ruhezustand zu versetzen, was zugleich eine seelische Entspannung bewirken soll. Für Elias war es sehr entspannend er konnte sich fallen lassen und fühlte sich wie in einer Hypnose, alles war so leicht und als die Schwester von sechs bis eins heruntergezählte hat er sich gefühlt als würde er wie ein Stein auf die Erde fallen und wieder festen Boden unter sich hat.

Nach dem Autogenen Training ging es direkt weiter und jetzt stand „Gymnastik" an, es war wie eine kleine Sportstunde, im Gymnastikraum waren einige Geräte bereitgestanden, die Patienten machten ein Zirkeltraining sodass jeder zweimal die Stationen durchlaufen würde, Elias hatte Spaß daran, er hatte lange keinen so intensiven Sport gemacht.

Bis 11:15 hatte Elias Pause, danach ertönte der Gong und eröffnete das Mittagessen, am Tisch wurden die alltäglichen Gespräche geführt in ihrer vierer Konstellation, naja viel mehr wurde Elias etwas mit Fragen bombardiert aber das war klar er war immerhin der Neue hier.

Für das Mittagessen hatte Elias an diesem Tag nicht viel Zeit um 12:00 Uhr hatte er einen Termin bei seiner Ärztin.

Die Ärztin fragte Elias wie es ihm gehen würde und wie er sich bisher eingelebt hat und er sagte das es Okay sei, die Therapien würden ihn gut ablenken und etwas helfen. Viel mehr wurde an diesem Tag auch nicht besprochen, für Elias stand auf seinem Plan EKG und eine Wanderung.

Der ehemalige Leiter der Klinik der bereits in Rente ist und wahrscheinlich schon über siebzig Jahre alt sein musste war fit wie ein zwanzig Jähriger, die Wanderungen gingen immer an die zwei bis drei Stunden, er wusste jeden Weg und konnte den Patienten so auch immer die schönsten Ecken zeigen. Die Winteratmosphäre vergab dem Wald einen unglaublich guten Charme und machte es immer zu einem besonderen Erlebnis.

Um 17:30 Uhr trafen sie wieder in der Klinik ein, Elias begab sich zum Abendessen und ging danach duschen. Die Abende waren meist gleich für Elias, er lag im Bett und las seine Bücher, oft wurde er gefragt ob er nicht mit runter in den Gemeinschaftsraum möchte, ein paar Spiele spielen oder einfach nur reden wollte. Da dies der zweite Tag war fühlte sich Elias alles andere als bereit mit „Fremden" Menschen über sich und seine Person zu sprechen immerhin hatte er sowieso schon Vertrauensprobleme und erzählte nicht gerne von sich. Kurz vor 22:00 Uhr kam die Nachtschwester herein und erkundigte sich nach den Patienten und ob sie noch etwas benötigen, Elias verneinte und versuchte zu schlafen.

Tag 3 + 4

Das Erste Wochenende für Elias stand an, Therapien gab es keine . Die Zeiten für die Medikamentenausgabe und für das Essen blieben gleich. Elias überlegte wie er seine Zeit vertreiben könnte, er hörte das einige Patienten in die Stadt fahren oder in ein Restaurant zum Essen gehen, sowas kam für Elias nicht in Frage er wollte in der Klinik bleiben, natürlich wäre er lieber Zuhause aber das geht nicht er wollte das Ziel vor den Augen behalten. Elias ging spazieren und sah sich die schöne Natur an, er ging natürlich alleine, die Lust auf Menschen hatte er noch nicht wiedererlangt. Am Nachmittag ließ er sich nicht lumpen um auf seinem Handy die Fußball Bundesliga zu schauen, immerhin hatte er für das Internet hier bezahlt und ein bisschen Fußball konnte er sich auch mal gönnen. Ansonsten griff Elias zu einem Buch und versank im Lese trace. Das Wochenende war sehr langweilig und zog sich wie ein Gummiband aber alles geht vorbei. Er hielt sich immer wieder das Ziel vor Augen das er diese Auszeit genießen könnte, ein Ort wo ihn keiner kennt, einfach entspannen können und nur um sich selber kümmern, einmal in seinem Leben ging es um ihn, das war schon fast zu ironisch das er dafür erst in eine Klinik musste. (Traurig oder Lustig) Immerhin verbesserte sich sein Schlaf, er spürte das sein Medikament etwas mit ihm machte, aber er freute sich sehr das er etwas schlafen konnte und das er die Nächte

wieder durchschlafen konnte und der neue
Schlafrhythmus gefiel Elias auch, früh ins Bett gehen
und früh aufstehen, sonst war er immer bis in die Nacht
wach und wachte erst sehr spät auf.

Tag 5

Der nächste Morgen für Elias, mittlerweile konnte er
auch wieder besser schlafen, dementsprechend wurde
auch seine Laune wieder besser, er machte sich fertig
und ging hinunter. Im Stationszimmer gab er wie jeden
Morgen sein Gefühlsermessen den Schwestern weiter
und bekam seine Medikamente, es ging gleich wieder
zum Sonnengruß, er machte ihn gern und es half Elias
gut in den Tag zu starten. Der Speisesaal war
mittlerweile fast leer geworden, das Frühstücksbuffet
war auch schon ordentlich leer geräumt, aber die Leute
schauten nur auf sich wenn es um Essen ging. Elias
frühstückte gerne sein Marmeladenbrot, trank dazu einen
Tasse Tee und ein Glas Orangensaft, er wollte Routine in
sein Leben bringen, einen festen Ablauf und das konnte
er an diesem Ort sehr gut lernen. Gymnastik stand als
nächstes auf dem Plan, etwas unpraktisch direkt nach
dem Frühstück aber irgendwie ging es schon. Die
Gymnastikstunde war eigentlich immer gleich es wurde
immer wieder ein Zirkeltraining gemacht und Elias
merkte wie wenig Sport er in den letzten Monaten
gemacht hatte, nach jeder Einheit spürte er seinen
Körper extrem, seine Muskeln fühlten sich schwer an, er
war keine richtige körperliche Belastung mehr gewohnt.
Auf Elias wartete nun etwas neues, er hatte zum ersten

Mal die Therapie Akupunktur, bei dem Aufklärungsgespräch wurde von einer speziellen Technik gesprochen die sie hier in der Klinik anwendeten, die Nadeln würden in die Ohrmuscheln gestochen, zusätzlich gab es die Möglichkeit eine Nadel in die Kopfmitte, in die Stirn oder zwischen die Augenbrauen zu bekommen. Elias hatte absolute Panik davor, da war seine „Nadelphobie" deshalb wollte er keine Nadeln sonst wo hin haben außer in das Ohr. Zehn Patienten waren in den Raum, einer nach dem anderen ging zur Schwester und sie steckte die Nadeln in die Ohren, die Patienten bekamen noch einen Becher damit sie die Nadeln danach dort hineinlegen können. Es war ein komisches Gefühl für Elias als er die Nadeln in seine Ohren bekam, ein leichtes piksen aber keine Schmerzen, er ging zu seinem Platz und begab sich in eine entspannende Position. Die Patienten wurden ruhig bis der Raum komplett still war, wenn eine Nadel aus einem der Ohren fiel hörte man sie auf dem Boden aufkommen so leise war es in dem Raum. Elias schloss die Augen und fing an sich zu entspannen und tatsächlich wurde er ruhig und gelassen. Er spürte die Wärme in seinen Ohren die durch Nadeln ausgelöst wurden. Nun war er wie in einer Art Traum oder Trance gefallen alles um ihn herum war weg, sein Körper fühlte sich an als würde er schweben. Das Gefühl war als wäre er auf Droge aber in dem Moment verspürte er dieses Gefühl gar nicht, er war einfach frei und komplett losgelöst. Nach einer halben Stunde ertönte eine ganz leise Stimme, es war die Schwester, sie sagte,

„Nun kommt langsam wieder an, ich zähle jetzt von fünf herunter, fünf, vier, drei, zwei und eins, ihr dürft eure Augen wieder öffnen.“

Elias öffnete seine Augen und er fühlte sich so schwer, als würde ihn die Schwerkraft komplett nach unten ziehen als ob er federleicht war und wirklich schweben konnte. Verwundert sah er auf die Uhr und tatsächlich war eine halbe Stunde vorbei, es hatte sich für Elias angefühlt als wäre er mehrere Stunden weg gewesen. Er verliebte sich etwas in die Akupunktur, es erinnerte ihn daran als er Joints rauchte da fühlte er sich ähnlich nur das er nicht lachen musste und keine Fressattacken bekam, naja und der Aspekt das die Nadeln auf Dauer keine Schäden im menschlichen Hirn anrichteten. Elias war jetzt komplett ruhig und entspannt und hatte eigentlich auch gar keine Lust mehr auf weitere Therapien weil er nur noch das Gefühl hatte sich hinlegen zu wollen und den besten Schlaf seines Lebens zu bekommen, aber erst ging es zum Mittagessen.

Für Elias wurde es sehr sportlich, die nächste Therapie war die Bewegungstherapie und die war sehr lustig, Elias war der einzige im Raum der nicht über fünfzig war. Die Leute hatten alle einen großen Gymnastikball vor sich und machten die Übungen von der Therapeutin nach, man kann es sich vorstellen wie Gymnastik für wirklich alte Menschen oder wie eine Schwangerschaftsgymnastik.

Elias ruhte sich nach der Bewegungsgymnastik etwas aus und las sein Buch, viel schaffte er dennoch nicht zu lesen, er musste sich anziehen und fertig machen für die Wanderung, die Tage wurden dort oben von Tag zu Tag kälter aber Elias war zum Glück gut ausgerüstet und hatte für jedes Wetter die passende Kleidung, sogar ein paar ordentliche Winterstiefel hatte er dabei und zog sie zum Wandern an. Das letzte Mal als Elias Winterstiefel trug das musste mehr als zehn Jahre her sein. Die Wanderung ging an diesem Tag knapp drei Stunden, aber die Wanderungen fühlten sich nie so lange an. Elias ging eigentlich am Ende der Gruppe und lief immer alleine, er schaute sich die Natur an und hat die Ruhe genossen, ab und an kamen ein paar Patienten auf ihn zu und begannen ein Gespräch und Elias ging immer darauf ein immerhin ist er kein unhöflicher Mensch, für ihn war die Erkenntnis interessant das die Leute auf ihn zukommen und ihn kennenlernen wollen und das schöne war das sie einen nicht verurteilten wenn man über seine Probleme sprach, vielmehr zeigten sie Verständnis und konnten mit einem mitfühlen. Zurück in der Klinik wollte Elias schnell unter die Dusche gehen, danach direkt zum Abendessen und dann hatte er noch eine Therapie „Qi Gong", die Leute berichteten Elias bereits darüber das diese Therapie komisch sei und der Typ der die Therapie macht auch nicht ganz bei Sinn sei. Das was erzählt wurde traf auch ein der Typ war ein Deutsch-Amerikaner und sein amerikanischer Akzent hörte sich furchtbar an. Die Übungen waren so lächerlich das Elias sich jedes einzelne Mal zusammenreißen musste nicht lauthals loszulachen. Eine der Übungen hieß „Der Drache" Elias würde am liebsten selbst zum Drachen werden wenn das hier noch länger so gehen würde. Immerhin verging die halbe Stunde sehr schnell und Elias konnte sich wieder nur sich selbst zuwenden.

Stefan fragte jeden Tag ob Elias mit runter kommen wollte, meist spielten sie Kartenspiele oder redeten einfach aber Elias hatte kein großes Interesse daran und blieb abends immer in seinem Zimmer, er hörte oft Musik und las sein Buch, dies ist auch eine komische Angewohnheit von Elias oft liest er seine Bücher während er Musik hörte obwohl er die Ruhe so sehr mochte.

Teil II

Tag 6

Die Tage fangen immer besser für Elias an, er schläft viel und gut, aus dem Bett kommt er nicht mehr so beschwerlich und er hatte keine schlechten Gedanken mehr in seinem Kopf. Der Tag ging los wie jeder andere, er ging in das Stationszimmer berichtete wie es ihm heute geht und bekam seine Medikamente. Direkt im Anschluss ging es zum Sonnengruß und zum Frühstück. Nach dem Frühstück hatte Elias die Therapie Autogenes Training und Elias konnte sich sehr gut darauf einlassen und fiel wieder in eine Art Selbsthypnose. Nach der Therapie musste er direkt weiter, unmittelbar danach hatte er Gymnastik aber eine Schwester hielt ihn auf und bat ihn kurz im Raum zu bleiben während die anderen den Raum verließen.

Als alle aus dem Raum waren erzählte die Schwester das seine Blutwerte ausgewertet worden und das seine Nierenwerte in einem kritischen Bereich wären und die

Ärzte überlegen ihn sofort in ein Krankenhaus einliefern zu lassen. Elias verstand in diesem Moment die Welt nicht mehr, es kommt eines nach dem anderen auf ihn, jetzt wo er sich mal besser fühlte bekam er direkt wieder solche schlechten Nachrichten. Die Schwester fragte ob Elias sich körperlich gut fühlte und er sagte ganz klar „JA" und das stimmte auch, er fühlte sich in keiner Hinsicht schlecht alles war in Ordnung, zum Schluss sagte sie das er bitte darauf achten solle mehr zu Trinken und das er um 12:00 Uhr ein Arztgespräch hat. Eine Tatsache stimmte, Elias trank wirklich nicht viel, wenn er am Tag auf einen Liter kam war es für ihn normal. Die darauffolgende Gymnastikstunde war jetzt auch mehr oder weniger im Arsch für Elias, einen freien Kopf hatte er jetzt nicht mehr und mit den Nieren wollte er wirklich nicht spielen. Nach dem Mittagessen ging er sofort zu seiner Ärztin, sie berichtete ihm noch einmal das seine Nierenwerte nicht gut seien aber nicht so kritisch das er in ein Krankenhaus verlegt werden müsste. Die Ärztin bekräftigte deutlich das er darauf achten sollte mehr zu trinken. Es wurde eine Urinprobe genommen und am Ende der Woche wird ein weiteres Mal Blut genommen. Elias achtete nun wie verrückt darauf ordentlich Wasser zu trinken und anfangs übertrieb er es auch, am Ende des Tages hatte er beinahe fünf Liter getrunken. Um 13:30 Uhr hieß es entspannen für Elias und das brauchte er auch unbedingt nach solchen Nachrichten, er bekam ein Bad, auf seinem Therapieplan stand immer „Rheumabad" und ihn verunsicherte das total, er hatte kein Rheuma oder zumindest hatte ihm das nie jemand diagnostiziert und eine richtige Antwort auf die Frage warum er ausgerechnet ein Rheumabad bekam wurde nie wirklich beantwortet. Das Bad war aber genau das was Elias brauchte und es fühlte sich toll an und das Beste war das er an diesem Tag keine weiteren Therapien hatte und so konnte er sich ganz sich widmen. Er legte sich in sein Bett und schlief eine Stunde und dann las er in seinem Buch weiter bis es zum Abendessen ging und dann dort weitermachen konnte wo er aufgehört hatte.

Tag 7

Elias fühlte sich bereits beim Aufwachen von Tag zu Tag besser, er arbeitete konstant daran das es ihm besser geht und das mit großen Erfolg. Es war kurz vor Weihnachten und über die Feiertage durfte man nur einen einzelnen Tag nach Hause gehen und durch die Feiertage und dem darauffolgenden Wochenende waren keine Therapien angesetzt, deshalb versuchte Elias tatsächlich noch vor Weihnachten die Klinik wieder verlassen zu können. Sein Tag begann mit der wöchentlichen Gewichtskontrolle, mit aufmunternder Stimme gab er den Schwestern sein Gefühlsempfinden weiter und nahm sich seine Medikamente um pünktlich zum Sonnengruß zu erscheinen. Zeit zum Frühstücken hatte Elias nicht besonders viel, er hatte zum allerersten Mal „Ergo", Stefan warnte ihn bereits vor der einen Therapeutin das sie nicht ganz einfach sei und manchmal ein komisches Verhalten aufzeigen würde. An diesem Tag hatte er zu seinem Glück aber die andere Therapeutin sie war etwas jünger, so um die Mitte oder Ende zwanzig. Die Ergo war sehr entspannt bei ihr, die Therapie bietet sich an um kreativ werden zu können und durch die Kreativität seine Emotionen und Gefühle verarbeiten zu können. Die Ergo Stunde war tatsächlich auch die längste Therapie in der Klinik, außer die Wanderung die konnte nichts übertreffen. Um 10:20 Uhr hatte Elias bereits seine letzte Therapie für diesen Tag, Akupunktur und das war seine absolute Lieblingstherapie. Die Akupunktur wird immer entspannter und Elias fühlt sich immer wie auf Droge und das Gefühl gefällt ihm sehr, immerhin war er ja nicht auf Droge. Den restlichen Tag verbrachte Elias auf seinem Zimmer, er las seine Bücher, hörte Musik, schrieb ein Tagebuch oder legte sich einfach hin zum Schlafen. Nur zum Essen verließ er sein Zimmer.

Tag 8

Ein neuer Tag und Elias fühlte sich körperlich und mental immer besser und mittlerweile hatte er sein Ziel fest vor Augen, weiter an sich arbeiten um in dieser Klinik nicht zu viel Zeit absitzen zu müssen, er hatte mit einer Patientin gesprochen die schon mehr als sechs Wochen in der Klinik war. Elias empfand die Gespräche mit ihr immer als sehr unangenehm sie fragte ihn viel über sein Privatleben aus und war wirklich anstrengend gewesen, Elias merkte ihr an das sie ein stärkeres Problem hat aber er verurteilte sie deswegen nicht, an diesem Ort waren alle Menschen gleich, sie brauchen und wollen Hilfe. Der Ablauf war wie immer der gleiche. In das Schwesternzimmer kurz sagen wie es einem geht und die Tabletten mitnehmen und ab zum

Sonnengruß. Ein kurzes Frühstück und dann ging es ab zur Ergo und an diesem Tag traf er auf die Hexe, naja die anderen unterhielten sich zumindest so darüber als wäre sie eine Hexe gewesen. Elias empfand sie als sehr verwirrenden Mensch und stellte sich vor das ihr ein Aufenthalt als Patientin in der Klinik vielleicht auch gut tun würde. Elias machte in der Ergostunde ein selbstgemachten Schlüsselanhänger. Neben ihm saß ein älterer türkischer Mann der mit der Knotentechnik mehr als überfordert war und immer wenn die Therapeutin nicht hinsah oder aus dem Raum ging half Elias dem Mann und im Prinzip machte Elias den Schlüsselanhänger für den Mann alleine, er freute sich darüber und Elias nahm es als kleine Wertschätzung an jemandem helfen zu können auch wenn man es vielleicht als mogeln betrachten kann. Elias lief nach der Ergo wieder in das Hauptgebäude, Ergo war auch die einzige Therapie die im Nebengebäude gemacht wurde. Für ihn stand als nächstes das Autogene Training an, dies war die einzige Therapie bei der Elias sich immer nicht zu einhundert Prozent fallen lassen konnte, die Selbsthypnose die angewandt wird machte Elias immer unruhig und ihm fiel es schwer sich zu konzentrieren. Es war ein sehr drückendes und beengendes Gefühl fast so als würde er kurz vor einer Panikattacke stehen, als würde sein Gehirn irgendetwas verarbeiten was es aber nicht konnte oder vielleicht auch nicht wollte. Die Strukturgruppe war auch etwas neues an diesem Tag, wie der Name schon verrät geht es um Struktur. Elias fühlte sich wie in der Schule und das Thema langweilte ihn sehr, er wusste wie wichtig Struktur ist und die

Themen die bearbeitet wurden wie Resilienz, Motivation oder Schlaf waren Themen bei denen er wusste wie er sie angehen müsste aber ob er es auch konstant durchziehen würde war wohl die viel wichtigere Frage. Elias freute sich, als Therapieabschluss an diesem Tag hatte er wieder ein Bad, besser gesagt mal wieder ein Rheumabad, immer wieder fragte er sich wieso Rheuma, vielleicht hatte er wirklich bereits Rheuma und keiner hatte es ihm gesagt. Die Bäderabteilung war ganz unten im Gebäude, es stehen acht große Badewannen in dem Raum die natürlich mit einem Sichtschutz umgeben waren, wenn Elias Glück hatte waren nicht viele Leute zeitgleich mit ihm in der Bäderabteilung er bekam immer wieder die Störgeräusche mit und sowas nervte ihn schnell.

Tag 9

Der Tag begann für Elias mit einem Besuch im Labor, Blut soll abgenommen werden um die Nierenwerte zu prüfen. Er achtete konstant darauf und trank reichlich Wasser, er kam deutlich über seine zwei Liter pro Tag. Elias war zuversichtlich das seine Nierenwerte wieder in Ordnung sein werden. Beim Sonnengruß war er in der späteren Gruppe gewesen und war somit erst Frühstücken und ging später zum Sonnengruß und mit gefüllten Magen macht Yoga nicht wirklich viel Spaß. Zu allem Übel hatte er danach auch noch Gymnastik und war wieder mit seinem Zirkeltraining beschäftigt, es machte ihm zwar Spaß aber die halbe Stunde reichte auch wieder und er wusste genau das er nach dem

Klinikaufenthalt kein großes Interesse hat ein Fitnessprogramm zu machen oder sich im Fitnessstudio anzumelden. Elias stand nun vor einem ganz wichtigen Arztgespräch, er wusste das es so eine Art „Belastungserprobung" gab, das bedeutete das man von Samstag bis Sonntagabend nach Hause darf um zu erproben wie es einem Zuhause ergeht und ob alles gut funktioniert im normalen Alltag. Elias nahm sich das als Ziel und wollte unbedingt das er für diese zwei Tage nach Hause darf. Er berichtete seiner Ärztin das er sich bereits viel besser fühlt, er die Therapien gut anwenden kann und diese ihm helfen. Seine Ärztin hatte bereits in den vorherigen Gesprächen deutliche Besserungen erkennen können und bestätigt das was Elias erzählt hatte und stimmte der Bitte von Elias zu, er bekam seine Belastungserprobung genehmigt. Sie schlug vor wenn Elias die Belastungserprobung gut tun würde, könnte er am Dienstag nach dem Wochenende entlassen werden. Elias war sich klar dass er höchstwahrscheinlich mehr Zeit in der Klinik benötigen würde. Seine Worte waren nicht gelogen er fühlte sich bereits wirklich besser aber sein Fokus nach Hause zu wollen war größer. Die Strukturgruppe fand Elias an diesem Tag extrem langweilig und freute sich nur noch das er am nächsten Tag nach Hause darf. Bei der Ergo Stunde hat Elias einen kleinen Wichtel gefilzt, das Filzen und allgemein die Ergo machte ihm Spaß er konnte sich gut fallen lassen wenn er etwas kreatives machen konnte. Am Abend schrieb er seiner Mutter und fragte sie ob sie ihn morgen früh holen könnte und sie willigte ein und freute sich darauf ihren kleinen Sohn zu sehen.

An diesem Abend kamen die Patienten auf eine ganz lustige Idee, sie wollten im Gymnastikraum einen Rave veranstalten. Es gab einen Patienten der als Beruf Pfarrer war und er stand total auf Techno Musik, er hat sich in die Klinik per Amazon eine riesige Sound Box bestellt nur für diesen Abend, total verrückt. Es gab sehr viele Patienten die auf dieser Techno Schiene unterwegs waren und den meisten hat man das auch angesehen. Eine Patienten macht Hobbymäßig DJ und hatte ihr ganzes DJ Pult dabei und alles was dazu gehörte. Andere Patienten sind zuvor in die Stadt gefahren und haben Beleuchtungen besorgt und somit war alles fertig für den Rave. Die Uhrzeit war angesetzt auf 19:00 Uhr da um 22:00 Uhr Nachtruhe war. Elias und Stefan gingen hinunter um sich das ganze anzuschauen obwohl sie beide gar kein Techno Fans sind. Die Musik dröhnte bis zu ihrem Zimmer in den dritten Stock hinauf. Die beiden waren überrascht wie voll der Gymnastikraum war, es war alles dabei von Jung bis Alt, die jüngeren Patienten hatten ihre typischen Rave Outfits an, irgendwie fehlten nur noch die Drogen damit alles komplett war. Elias ließ sich irgendwann anstecken von der Musik und bewegte sich, wirklich wohl dabei fühlte er sich nicht, es war gar nicht sein Musikgeschmack. Stefan bewegte sich wie ein Roboter was absolut lustig aussah, aber Elias dachte keine Sekunde daran darüber zu lachen er sah wahrscheinlich nicht besser aus. Der Abend ging so dahin, die Musik war laut und die Stimmung gut, Elias war plötzlich erschrocken als eine der Nachtschwestern herunter kam und einfach mittanzte, für sie war es definitiv auch nicht das erste Mal das sie auf einem Rave war. Elias war froh über diesen Abend, es war etwas anderes und auch wenn es so gar nicht seine Musik war hat ihm der Abend sehr gefallen.

Tag 10

Elias freute sich als er aufwachte, er machte sich fertig und packte seinen alten Schulrucksack mit einigen Sachen die er Zuhause braucht. Er ging in das Stationszimmer und bekam seine Tabletten für die nächsten zwei Tage mit. Er ging zum Frühstück und berichtete seinen Tischfreunden das er das Wochenende nach Hause geht, sie freuten sich sehr für Elias und waren auch etwas darüber erstaunt immerhin waren die drei alle bereits länger in der Klinik gewesen als er. Elias frühstückte und kurz darauf kam seine Mutter um ihn abzuholen, sie nahm ihn in den Arm und Elias erzählte ihr ein paar Sachen aus der Klinik aber überwiegend war es die Fahrt über sehr ruhig gewesen. Elias freute sich als er seine Wohnung betrat, er hatte sein Zuhause noch nie so sehr vermisst wie in dieser Zeit, er nahm direkt den wohlriechenden Duft seiner Wohnung auf der aussagte „Zuhause". Elias machte für seine Mutter einen Kaffee und sie unterhielten sich, sie merkte das ihr Sohn eine Besserung aufzeigte, sie war dennoch der Meinung das Elias sich mehr Zeit nehmen sollte und länger in der Klinik bleiben könnte. Die Meinung von seiner Mutter stieß ihm etwas auf und er fuhr sie etwas blöd mit seinen Worten an. Elias war in der Hinsicht viel zu verkopft und war von dem Gedanken gefesselt wieder nach Hause zu kommen ohne einen Blick darauf zu werfen ob er davon profitieren würde wenn er nach so einer kurzen Zeit wieder zurück wäre. Sein Entschluss stand fest er möchte nach diesem Wochenende komplett wieder zurück nach Hause kommen, die Erfahrung reicht ihm und er hat viel gelernt was er anwenden kann und das stimmte auch, Elias lernte sehr viel in kurzer Zeit und das Dank seines starken Willen und seinem Engagement sich selbst helfen zu wollen. Nach einer Stunde ging seine Mutter und verabschiedete sich von Elias, sie wünschte ihm eine schöne Zeit Zuhause und wies ihn daraufhin das sie ihn am nächsten Tag wieder abends in die Klinik zurückfahren wird. Sein erstes Ziel war erst einmal die Konsole, er setzte sich und spielte erst einmal das neue Fifa um nach zehn Minuten herauszufinden das es genauso schlecht und beschissen war wie das alte Fifa. Elias rief seinen Friseur an und fragte ob er Zeit hatte und Elias hatte Glück er machte sich direkt fertig und lief los, seine Haare waren wieder gut nachgewachsen nachdem er sie sich abrasiert hatte. Seinen Friseur kennt er mittlerweile sehr gut, er war aus der Türkei und seine kleine Nichte ging in den Kindergarten in dem Elias arbeitete. Elias hatte das Bedürfnis gepflegt auszusehen, um sich wohler zu fühlen, deshalb ging er oft zu seinem Friseur ging und ließ sich die Haare schneiden, aber meist hatte er sich nur die Seiten kürzen lassen. Den restlichen Abend verbrachte er in aller Ruhe bei sich, keinen Mensch um sich herum, den Fernseher meidet er genauso wie in der Klinik, er hat kein großes Interesse daran. Am meisten freute sich Elias auf sein Bett, sein großes schönes Bett mit seiner Bettwäsche, in der Klinik hatte er nur ein

kleines Bett und diese typische Krankenhaus
Bettwäsche.

Tag 11

Elias wachte so schön auf wie schon lange nicht mehr, er
schlief durch, hatte keine schlechten Träume und die
Länge des Schlafes war auch vollkommen in Ordnung.
Er nahm seine Medikamente und frühstückte eine
Kleinigkeit, er überlegte wie er seinen Tag verbringen
wollte, er könnte schön Mittagessen gehen oder zum
Fußball gehen. Elias entschied sich für die dritte Variante
und diese war es Zuhause zu bleiben, die Zeit für sich zu
genießen. Mittags kochte er sich was zu Essen und
verbrachte den Tag am Fernseher und sah sich seine
Lieblingsfilme an. Elias wurde immer mehr bewusst das
er mehr Zeit in der Klinik gebrauchen könnte aber er
wollte viel zu sehr da raus und wieder in sein Leben
zurück, vielleicht war das auch ein gutes Zeichen,
immerhin fühlte er sich nicht zu wohl in der Klinik das
wäre aber auch kein gutes Zeichen gewesen. Das
Rauchen hatte Elias mittlerweile schon seit zwei
Monaten aufgehört, es war keinesfalls einfach für ihn
immer wieder bekam er Lust eine Zigarette rauchen zu
wollen, sein Widerstand dagegen war sehr stark und er
konnte sich sehr gut unter Kontrolle behalten, er
vermutete das auch dies ein Grund war für seine
depressive Phase immerhin hatte er seit mehreren Jahren
geraucht und es war ein Teil seines Lebens auch wenn er
nicht viel rauchte eine Schachtel in der Woche genügte
ihm. Es war gut für ihn damit aufzuhören und er fühlte

sich dadurch körperlich besser. Am Abend holte ihn seine Mutter ab und fuhr ihn wieder zurück in die Klinik, die meisten Sachen die er bereits nach Hause mitgebracht hatte ließ er auch dort, in die Klinik nahm er nicht viel mit. Er war sich sicher nicht mehr lange in der Klinik zu bleiben und das berichtete er auch seiner Mutter die nur nüchtern darauf antwortete,

„Mach das was dir gut tut, ich will nur das es dir gut geht mein Schatz."

Um 20:00 Uhr sind sie an der Klinik angekommen, Elias verabschiedet sich von seiner Mutter und sagte,

„Ich melde mich bei dir, ich hab dich lieb Mama."

Seine Mutter antwortete,

„Ich hab dich auch lieb mein Sohn, wenn was ist melde dich."

Elias ging in die Klinik und meldete sich im Stationszimmer an das er wieder zurück ist, im Speisesaal lag sein Therapieplan für den nächsten Tag und der war gut gefüllt. In seinem Zimmer legte er sich in sein Bett und las sein Buch weiter.

Tag 12

Elias wusste das es sein letzter Tag sein würde, er freute sich darüber wieder nach Hause gehen zu können dennoch war er etwas unsicher ob es doch nicht wirklich zu früh war aber dieser Gedankengang kam zu spät, er hatte ja bereits mit seiner Ärztin alles eingeleitet für seine Entlassung am nächsten Tag. Sein letzter Tag war noch einmal richtig vollgepackt mit Therapien. Der Tag begann wie immer mit dem Sonnengruß, danach kam Ergo und da machten sie eine Fragerunde was sehr interessant war, zufällig haben sie eine Frage gezogen und stellten sie sich gegenseitig, es war wie eine Art Kennenlernspiel. Ein letztes Mal gab es Akupunktur für Elias jede Anwendung war es ein Genuss für Elias. Die Strukturgruppe war wieder mal ein stumpfes und langweiliges zuhören von Sachen die man mit Kindern besprechen hätte können, Elias hasste die Strukturgruppe. Inzwischen verbreitete sich die Nachricht wie ein Leuchtfeuer das Elias die Klinik verlassen wird obwohl er mit keinem darüber sprach. Es ging ein letztes Mal auf eine Wanderung, in den letzten Tagen wurde es leider etwas Wärmer was den ganzen schönen Schnee zum Schmelzen brachte und die Landschaft nicht mehr so schön aussehen lassen hatte. Die Wege waren nass und matschig also alles andere als schön und wenn man Pech hatte fing es noch das Regnen an. Am Abend gab es zum krönenden Abschluss die Therapie Qi Gong, Elias hatte überhaupt keine Lust auf diesen Deutsch-Amerikanischen Typ mit seinem blöden Akzent, scheinbar meinte das Schicksal es gut mit Elias, der Typ hatte sich verspätet weil sein Auto Probleme machte und er kam zehn Minuten vor Ende der Stunde an, so hatte Elias wenigstens nur zehn Minuten eine leichte Qual erleben müssen. Beim Abendessen stand auf seinem letzten Therapieplan nur,

„09:15 Uhr Entlassungsgespräch, Sprechzimmer 3"
Abends packte er seine Sachen in sein Koffer und legte sich ein paar schöne Klamotten raus für den nächsten

Morgen, in der Klinik lief er meist mit kurzer Hose und seinem Pullover herum.

Tag 13

Der letzte Tag, Elias machte sich fertig, für ihn gab es keine Therapien mehr, er konnte ganz entspannt in das Stationszimmer und sich ein letztes Mal seine Medikamente abholen und anschließend zum Frühstück. Bereits beim Frühstück kamen einige Patienten auf Elias zu und verabschiedeten sich, sie sagten das sie sich freuten ihn kennenlernen zu dürfen und wünschten ihm nur das Beste für die Zukunft.

Er ging zu seiner Ärztin und sie fragte ihn was sich nun für ihn verändert hat und was er aus dem Aufenthalt gelernt und mitnehmen kann für seine Zukunft.

Elias konnte zum Glück gut reden und sagte seiner Ärztin,

„Mein Ziel war es meine Panikattacken unter Kontrolle zu bekommen und durch die Techniken die mir in den Therapien gezeigt wurden kann ich das gut anwenden. Ich habe durch die Wanderungen die Liebe zur Natur wieder gefunden und möchte gerne wieder mehr spazieren gehen unter anderem hab ich auch gemerkt das Sport ein sehr gutes Hilfsmittel für mich ist was mir gut tut. Ich habe gelernt wie ich kontrolliert mein Leben strukturieren kann und weiß nun auf was besonders zu achten ist."

Seine Ärztin antwortete,

„Das hört sich sehr gut an und mich freut es das du so schnell solche tollen Erfolge erzielen konntest, man hat dir angemerkt das du was dafür tun wolltest das es dir besser geht und somit kann ich dich beruhigt entlassen und falls es mal wieder zu einem Rückfall kommen sollte kannst du dich immer wieder bei uns melden."

Elias antwortete,

„Ich bin Ihnen sehr Dankbar und bedanke mich für diese Möglichkeit das mir so gut geholfen werden konnte. Machen Sie es gut."

Elias geht das letzte Mal in sein Zimmer um seine Koffer zu holen und verabschiedet sich von Stefan der nicht wirklich Empathie zeigen konnte bei der Verabschiedung. Im Eingangsbereich wartete Elias auf seine Mutter und alle Patienten kamen zu Elias und nahmen ihn in den Arm und verabschiedeten sich, er war tatsächlich etwas traurig darüber und hat sich gedacht was für tolle Menschen hier in dieser Klinik sind. Diese Zeit wird er niemals vergessen er wird sie immer vor Augen behalten, sie hat ihm viel gebracht und er weiß jetzt ganz genau auch wenn es eine schöne Zeit war das er nicht noch einmal in seinem Leben in eine Klinik möchte. Seine Mutter kam, er packte seine Taschen in den Kofferraum und sie fuhren zurück. Ihm fiel ein Stein vom Herzen, es war nun alles vorbei.

Kapitel 17
Religion

Das Leben für Elias war nun ein Neustart, er wusste das er irgendetwas in seinem Leben verändern musste um die letzten Ereignisse nicht wiederholen wollen zu müssen. Sein Klinikaufenthalt war vorbei und jetzt hieß es wieder in der Realität ankommen und zu seinem Glück hatte er noch etwas Zeit dafür, es war kurz vor Weihnachten und das bedeutete das er nicht mehr auf die Arbeit muss, über die Weihnachtsferien hatte der Kindergarten immer geschlossen. Auf der einen Seite war er froh darüber nicht direkt wieder auf die Arbeit zu müssen aber auf der anderen Seite hätte er sich auch wieder darauf gefreut, besonders auf seine Kolleginnen sie waren wie eine kleine Familie für Elias. Die nächsten Tage verbrachte Elias in seiner Wohnung und meistens saß er vor seiner Konsole, ein Glück das Call of Duty jedes Jahr ein neues Shooter Spiel auf den Markt brachte, wieder achtzig Euro weniger aber dafür hatte man ein paar Spielstunden in seiner Freizeit verschwendet und Spaß gehabt obwohl die Spiele von Jahr zu Jahr immer schlechter wurden. Weihnachten wurde immer bei seiner Mutter gefeiert, in dem Dorf wo sie wohnt gibt es mittlerweile eine Art Tradition. Das gesamte Dorf außer ein paar Ausnahmen versammelten sich Vormittags bei der Garage von seiner Mutter und machten einen „Frühshoppen". Es ist einfach nur sinnloses besaufen und Nettigkeit vorheucheln bei all den Leuten die man sowieso nicht mochte. Elias trank und rauchte seit über zwei Monaten nicht mehr aber ausgerechnet an diesem Tag verfiel er wieder in alte Muster, sein Bruder Fabian war selbstverständlich auch bei ihrer Mutter und er animierte Elias zum Trinken und Rauchen. Fabian kam mit der Situation überhaupt nicht klar das sein kleiner Bruder sich verändert und in einer Phase ist zur richtigen Reife zu wachsen. Fabian hatte immer seine Augen auf sich und wenn die Leute nicht das machten was er wollte war er beleidigt und sprach von heute auf Morgen eine ganze Weile nicht mit einem. Elias hatte immer wieder das Problem das er sich von dem Leichtsinn seines absolut unreifen vier Jahre älteren Bruder jedes Mal anstecken ließ. Die Garage war voll, die Musik war laut, die Leute unterhielten sich und tranken so viel Alkohol wie es geht um diese frühe Zeit? WOW was für ein weihnachtliches Weihnachtsfest unglaublich, aber Elias größtes Problem war das er sich schämte, er war gerade frisch aus der Klinik draußen, hatte mit dem Rauchen und Trinken komplett aufgehört und jetzt steht er da, mit einer Bierflasche in der Hand und im Mund eine Zigarette stecken, er ekelte sich vor sich selber, er hat in einem kurzen Moment alles hingeschmissen was er sich aufgebaut hatte und für was? Der Mittag kam immer näher und das hieß für die Leute das sie sich endlich aus dem Staub machten, Elias legte sich bei seiner Mutter auf die Couch damit er seinen Rausch ausschlafen konnte, sein Bruder lag im Gästezimmer total besoffen und ihre Mutter war in der Küche und machte das Abendessen. Am Weihnachtsabend hatten die drei ein Ritual das sie bereits seit mehreren Jahren machten, sie schauten sich immer den Film „Kevin allein zu Haus" an, sie liebten den Film und lachten immer bis sie Bauchkrämpfe bekamen. Nach diesem Tag war sich Elias zu einhundert Prozent sicher dass er sein Leben ändern will, einmal komplett auf den Kopf stellen und da fiel ihm etwas ein was er in diesem Jahr im Juni erlebt hatte.

Elias war auf einer Hochzeit eingeladen von zwei seiner Freunde, die Feier war in einem sehr schönen Hotel und das Beste zu diesem Zeitpunkt für Elias war das die Getränke frei waren also betrank er sich bis er nicht mehr konnte. Überwiegend waren sie den ganzen Tag draußen, das Wetter war wunderschön, ein perfekter Tag für eine Hochzeit. Die Gäste blieben über Nacht in dem Hotel was alles viel unkomplizierter machte, Elias ging von der Terrasse in das Hotel hinein um sich sein Hotelzimmer anzusehen und da lief an ihm eine wunderschöne Frau vorbei, sie war eine der Bedienungen in diesem Hotel. Sie liefen aneinander vorbei und ihre Blicke kreuzten sich und sie lächelte Elias sehr charmant an, selten hatte Elias so eine wunderschöne Frau gesehen, sie hatte braune Augen, langes schwarzes Haar, war etwas kleiner als er und hatte eine sehr schöne Figur. Elias dachte an diesem Tag an nichts anderes mehr als diese Frau aber ansprechen traute er sich auf keinen Fall. Seine Blicke suchten sie immer wieder und ihre Blicke suchten auch nach Elias und bei jedem Blickkontakt lächelten beiden und wurden beinahe rot. Die Mutter der Braut bemerkte das auffällige Verhalten von Elias und sie bot ihm ihre Hilfe an, sie ging zu der wunderschönen Bedienung herüber und sprach für eine Minute mit ihr bis sie mit einer Handbewegung signalisierte das er dazu kommen soll.

Elias war so aufgeregt und sein Herz schlug so schnell, die Mutter der Braut stellte die Beiden einander vor, ihr Name war Farah, sie kommt aus Marokko und ist erst seit sechs Wochen in Deutschland, ihre Deutschkenntnisse waren dafür sehr bewundernswert. Elias unterhielt sich etwas mit ihr und sie tauschten ihre Handynummern aus, immerhin musste sie noch weiter arbeiten und er kann sie nicht davon abhalten. Die Tage nach der Hochzeit schrieben sie sich täglich und trafen sich auch, Elias lernte sie kennen und fragte viel über ihre Heimat Marokko. Elias war beeindruckt wie schön Marokko auf den Bildern aussieht und wie toll diese Kultur schien. Was Elias noch viel mehr kennenlernen durfte und wofür er sich zu interessieren begann war die Religion von Farah, sie war Muslima. Elias war davon begeistert und war sehr neugierig geworden, je mehr er erfahren hatte desto mehr begeisterte er sich für die Religion. Leider hielt die kleine Liebesromanze zwischen Farah und Elias nicht lange an, sie sahen sich zu selten und sie arbeitete viel.

An diese Geschichte erinnerte er sich dennoch immer wieder gerne zurück und nun überlegte er, wenn er einen roten Faden hätte mit dem er sein Leben strukturieren könnte und etwas hat woran er sich festhalten kann, hat er keine Befürchtungen das er wieder in eine Depressive Phase zurückfallen könnte. Ein paar Regeln haben noch nie jemanden geschadet. Elias war christlich getauft aber konnte sich mit dem Christlichen Glauben nicht identifizieren auch nicht als er mit vierzehn oder fünfzehn Jahren die Bibel gelesen hatte zudem gibt es nicht viele christliche Menschen die den christlichen

Glauben richtig praktizieren und ernst nehmen. Für ihn gab es zwei weitere Religionen worüber er eine gewisse Grundkenntnis hatte, das war zum einem der Islam und zum anderen das Judentum. Durch Farah hatte Elias bereits das Glück viel mehr über den Islam herausfinden zu können und sah eine ganz andere Seite vom Islam, jeder in Deutschland denkt Moslems seien Terroristen oder sonst irgendwelche schlechten Menschen die ihre Frauen unterdrücken. Traurig das die Medien immer nur das schlechte zeigen und Hass unter den Menschen verbreiten müssen. Im Islam gibt es einen sehr großen Unterschied zwischen Kultur und Religion. Elias recherchierte ausführlich über den Islam und sah immer mehr die Schönheit dieser Religion, er begann Bücher zu lesen, informierte sich im Internet und sah sich Videos oder Dokumentationen an. Elias fing an den Koran zu lesen und bemerkt wie dreist die Medien über diese Religion lügt und nur das schlechte zeigt, im Koran steht das die Frauen und besonders die Mutter das wichtigste sind, denn unter den Füßen der Mutter liegt das Paradies. Im Islam soll man respektvoll mit seinen Eltern sprechen, allgemein soll man nicht schlecht sprechen, nicht Lästern und gute Taten vollbringen. Der Koran ist strikt gegen das Töten von Menschen darin steht geschrieben, „Wenn jemand einen Mensch tötet so ist es als würdest du die ganze Menschheit töten, wenn jemand einen Mensch das Leben erhält so ist es als würdest man der ganzen Menschheit das Leben erhalten." Das alles ist nur ein kleiner Teil der ihm immer mehr das Vertrauen zum Islam gab und die Schönheit und Friedlichkeit dieser Religion zeigte. Das Gebet ist eines der fünf

Säulen in der islamischen Religion also eines der wichtigsten Pflichten eines Moslems. Elias sah sich Videos an wie das Gebet funktionierte. Das Gebet wird nur auf Arabisch gesprochen, er schrieb sich das gesprochene mit den dazu gehörigen Bewegungen auf und lernte es auswendig. Ein Monat nach Weihnachten war vergangen und Elias beschäftigte sich jeden Tag mit dem Islam, Tag für Tag wurde er mit der Religion vertrauter und wurde immer entschlossener das er zum Islam konvertieren möchte und dieses Thema schnitt er vorsichtig bei seiner Mutter an, die davon nicht begeistert war und davon ausgehen würde das ihr Sohn wenn er zum Islam konvertieren würde ein Terrorist werden würde. Elias machte diese Aussage mehr als traurig und er war sehr enttäuscht von seiner Mutter sie ließ sich auf keine Konversation ein was dieses Thema anging. Es schreckte ihn davon nicht ab, er fühlte sich damit sicher und wohl, er fasste sich ein Herz und entschloss endgültig konvertieren zu wollen, er trat aus der Kirche aus und informierte sich ob es in seiner Stadt eine Moschee gibt und tatsächlich gab es eine kleine Moschee die zu Fuß circa fünfzehn Minuten von ihm entfernt war. Es war Freitag, für die Muslimischen Menschen der heiligste Tag in der Woche, Elias machte sich für die Arbeit fertig und war sich sicher das dies der Tag sei an dem er in die Moschee gehen würde und dort fragen möchte ob sie ihn Konvertieren. 14:30 Uhr es war Feierabend, Elias lief in die Moschee und sah auf die Uhrzeit, er bemerkte das gerade Gebetszeit (Asr) war und ein Gottesdienst im vollen Gange läuft. Er lauschte etwas an der Tür und hörte wie schön der Koran rezitiert wird, er wartete bis der Gottesdienst vorbei war und ging dann hinein. Elias wurde herzlich empfangen, zwei Männer reichten ihm die Hand und Elias äußerte seine bitte das er Konvertieren möchte und die Augen der beiden Männer fingen das Strahlen an und sie freuten sich über diese Nachricht. Sie haben Elias gefragt ob sie es gleich jetzt vollziehen sollen oder einen anderen Termin ausmachen sollen. Elias war sehr glücklich darüber das sie es überhaupt machten und wollte das sie es gleich hier und jetzt vollziehen können. Der Hodscha (Pfarrer) bereitete alles vor, er rezitierte ein Dokument das alles für die Person die Konvertieren möchte erklärt. Es war ein weiterer Mann dabei der die Konvertierung vor Gott bezeugt. Die Konvertierung dauerte circa fünfzehn Minuten und am Ende musste Elias die Shahada (Glaubensbekenntnis) nachsprechen und somit war er vollkommen konvertiert und ist froh darüber ein Moslem zu sein. Der Hodscha erzählte ihm dadurch das Elias nun wieder zurückgekehrt ist zum Islam sind all seine Sünden aus seinem vorherigen Leben weggespült. Elias war so glücklich und hatte Tränen in den Augen. Er lief nach Hause und fing Zuhause direkt das Beten an, er hatte es sich bereits auswendig beigebracht und einen Gebetsteppich hatte er sich zuvor auch schon besorgt. Die Religion hilft Elias im Alltag und gibt ihm den nötigen Rückhalt, seitdem er konvertiert ist hat er eine Struktur in seinem Leben, er geht früh ins Bett und wacht früh auf um zu Beten und dann produktiv seinen Tag zu gestalten. Elias änderte seine Sicht komplett, bevor ihm ein schlechtes Wort über die Lippen kam schwieg er lieber denn er wollte kein schlechtes Wort verlieren. Er lächelte mehr in seinem Alltag denn das ist eine gute Tat im Islam und allgemein war er viel freundlicher auch zu fremden Menschen. Für Elias war es die beste Entscheidung zu konvertieren, mittlerweile hat er ein geregeltes und strukturiertes Leben und gerne lässt er seine Außenwelt teilhaben, immer wieder postet er Zitate aus dem Koran und möchte anderen Menschen die schönen Seiten vom Islam zeigen. Seine Mutter hatte anfangs sehr große Schwierigkeiten damit das ihr Sohn jetzt Moslem sei, aber mit der Zeit bemerkte sie das die Religion ihrem Sohn gut tat und akzeptierte seine Entscheidung, an Elias hatte sich im Grunde nichts geändert nur das er sich noch mehr verbesserte. Der Freundeskreis von Elias veränderte sich teilweise nun hatte er auch mehr muslimische Freunde wenn sie sich trafen ging es nur um die Religion und dieser Austausch war sehr schön, es ist interessant wie andere muslimische Menschen ihre Beziehung zu Allah führen und bei jeder Unterhaltung lernte er etwas dazu und diesen Punkt liebte Elias. In seiner Religion gibt es immer etwas neues zum Lernen, sein Wissen wächst von Tag zu Tag. Für Elias steht nun der wichtigste Monat für die muslimischen Menschen an (Ramadan) Elias freute sich sehr auf den Monat Ramadan, der Monat des Fastens und der Monat in dem man seine Bindung zu Allah stärkt und seinen eigenen Glauben (Iman) immer mehr manifestiert. Die ersten zwei Tage waren etwas gewöhnungsbedürftig für Elias aber er hatte es geschafft und war stolz auf sich. Die nächsten Tage wurden immer leichter um auf das Essen und Trinken zu verzichten. Nach Sonnenuntergang aß er meist nur eine Kleinigkeit an Obst und Brot und bemerkte dabei wie wenig Essen es benötigte um satt zu werden und die Menschen heutzutage zu viel Reize haben und sich oft mit Essen vollstopfen was sie gar nicht benötigen. Sein erster Monat Ramadan war ein sehr inspirierender und ein sehr unglaubliches Erlebnis für ihn. Elias hat seit seiner Konvertierung nun wirklich das Gefühl sein Platz in dieser Welt gefunden zu haben und das er jede kleinste Schwierigkeit so erleben musste wie es passierte um jetzt der zu sein der er ist.

Kapitel 18
Vater

Nach der Scheidung seiner Eltern hatte Elias nur jedes zweite Wochenende bei seinem Vater verbracht, sein Vater zeigte nicht viel Interesse an Elias und meldete sich so gut wie nie bei ihm. Eine Entzugskur brachte seinen Vater dazu das er keinen Alkohol mehr trank und Elias erlebte seinen Vater das erste Mal so richtig nüchtern und mit einem geregelten Leben, er fasste wieder Fuß in seinem Leben, hatte eine Freundin die zwei Töchter hat und er zog bei ihr mit ins Haus. Wenn Elias bei seinem Vater zu Besuch war sahen die Wochenenden immer gleich aus, sie unternahmen nicht oft zusammen etwas miteinander und daher nahm Elias des öfteren seine Konsole mit und spielte in seinem Zimmer seine Videospiele. Je älter Elias wurde desto weniger wurden die Besuche bei seinem Vater er hatte keine Lust mehr seine Wochenenden in einem „fremden" Haus zu verbringen und seine Zeit abzusitzen, lieber blieb er Zuhause und unternahm was mit Freunden oder mit seinem Bruder. Elias und sein Bruder wuchsen im Alter immer mehr zusammen und verbrachten viel öfter Zeit miteinander. Der unregelmäßige Kontakt und die Seltenheit wie oft er seinen Vater sah brachte ihn schon fast in Vergessenheit. Sieben Jahre war sein Vater mittlerweile trockener Alkoholiker gewesen und Elias hatte das Gefühl das sich irgendetwas verändert hatte, nachdem der Vater seines Papas verstorben war fing er an leichten Alkohol zu trinken, er schien sich aber gut im Griff zu haben. Es kam wie es kommen musste, die Beziehung von seinem Vater und seiner Freundin fing das kriseln an und letztendlich trennten sie sich was seinen Vater wieder zurückschmiss und er sich total gehen lassen hat. Er zog in eine Wohnung die näher an Elias Zuhause war und ab und zu liefen sie sich mal über den Weg. Der Alkoholkonsum seines Vaters verschlimmerte sich wieder und war wahrscheinlich so stark gewesen wie nie zu vor, er trank kein Bier, nein für ihn kam nur starker Schnaps in Frage. Einige Arbeitskollegen haben seinen Vater als er gerade betrunken von der Arbeit losfahren wollte bei der Polizei verpfiffen, sie hielten ihn alkoholisiert am Steuer an und haben ihm den Führerschein abgenommen, er war so stark alkoholisiert das er auf unbefristete Zeit seinen Führerschein nicht zurück bekam, erst mit einem Psychologischen Gutachten und einem erfolgreich bestandenen Idiotentest würde er seinen Führerschein wieder bekommen. Der Zustand verschlimmerte sich immer mehr und Elias mied den Kontakt vollkommen, er wollte mit seinem Vater nichts mehr zu tun haben.

Elias großer Bruder Fabian hatte regelmäßig Kontakt mit ihrem Vater und unterstützte ihn wo er konnte, Fabian war sehr naiv und sah nie das schlechte und offensichtliche. Sein Vater verlor seine Wohnung, er bekam von seinem Chef die Möglichkeit in einem der Gästehäuser fürs erste unterzukommen aber er lehnte ab. Er verlor nun auch seinen Job und musste von da an alleine klar kommen. Sein Vater verschwand und lebte auf der Straße, die Erzählungen bekam Elias immer nur von seinem Bruder mitgeteilt. Elias schämte sich das sein Vater so war und konnte es nicht nachvollziehen, er war über fünfzig und bekommt sein Leben nicht auf die Reihe, hat vier Kinder und drei der Kinder haben den Kontakt zu ihm abgebrochen nur Fabian hielt an seinem Vater fest. Fabian bekam alle vier Wochen ein Statusupdate von ihrem Vater, der sich immer wieder aus einer anderen Stadt in Deutschland meldete und davon berichtete wie beschissen es sei auf der Straße zu leben und jeden Tag einen trockenen und warmen Schlafplatz zu haben. Elias hatte kein Mitleid für seinen Vater empfunden viel mehr war er davon angeekelt. Ihr Vater rutschte immer mehr ab und sein letztes Ziel war Frankfurt, dort streift er umher und lebte wahrlich wie ein Penner, beschwerte sich über den Staat das ihm keiner helfen wollen würde und das alles beschissen sei. (Selber Schuld) Nach einiger Zeit bekam auch Fabian keine Nachrichten mehr von ihrem Vater, ausgehende Nachrichten kamen auch nicht an, Elias sah der Tatsache ins Auge und dachte sogar das ihr Vater tot sein konnte. Elias war seit Jahren in psychologischer Behandlung unterbewusst beschäftigte ihn die Vergangenheit und die

Situation sehr mit seinem Vater und er wollte es irgendwie schaffen diese Last los zu werden. Er trug den selben Nachnamen wie sein Vater und sein Vater hatte in der Stadt in der sie lebten einen Ruf, er war immer dafür bekannt wie betrunken er war und es kam vor das Elias deswegen angesprochen wurde und darauf hatte er einfach keine Lust mehr und das belastete ihn zusätzlich noch mehr. Monate lang überlegte er wie er seinen Nachnamen loswerden könnte und den Mädchennamen seiner Mutter annehmen könnte, sie hatte es nach der Scheidung genauso gemacht. Die Problematik für Elias war nur das seine Eltern bereits verheiratet waren als er auf die Welt kam, wäre er mit dem Mädchennamen seiner Mutter geboren und dann den verheirateten Namen mitbekommen hätte er es ganz leicht beim Amt ändern lassen können. Seine Recherche ergab das er für sein Vorhaben ein ausführliches und beglaubigtes psychologisches Gutachten benötigte. Er sprach seinen Psychologen darauf an, er kannte die ganze Vorgeschichte und hatte Elias bereits als Kind in Behandlung genommen als die Situation Zuhause so schlimm war, er willigte ein und bekräftigte Elias das sie das zusammen schaffen werden. Die nächsten drei Monate nutze sein Psychologe um so viele tiefgründige Aspekte aus den Gesprächen heraus zu filtern um ein gutes Gutachten verfassen zu können. Sie gaben es weiter an die Behörden und dann hieß es warten. Es vergingen sechs Wochen und Elias ging an einem Samstagnachmittag an den Briefkasten runter und irgendetwas rief förmlich danach das ganz besonders er an diesem Tag an den Briefkasten soll. Er öffnete den

Briefkasten und sah einen großen braunen Umschlag der von außen gekennzeichnet war das er von der Behörde kam, er rannte nach oben in die Wohnung und ging zu seiner Mutter, er war nervös fast so sehr das er umfiel, er wusste entweder liest er gleich das alles genehmigt wurde oder das alles umsonst war. Er machte den Umschlag auf und las die ersten Zeilen durch bis er zu dem Punkt kam in dem Stand,

„Der Antrag auf die Änderung des Familiennamens wurde stattgegeben.“

Er sah seine Mutter an und ihm kamen Freudentränen, nie zu vor hatte Elias aus reiner Freude geweint, seine Mutter freute sich genauso sehr wie er und fing auch das Weinen an, sie nahmen sich in den Arm und waren so glücklich das dass alles funktioniert hat und nun ein Ende hat. Zwei Jahre sind vergangen als Elias und Fabian das Letzte Mal ein Lebenszeichen von ihrem Vater bekommen hatten, mittlerweile dachten sie noch kaum an ihren Vater, der Gedanke ob er vielleicht bereits verstorben hätte sein können erlosch, die beiden wären wahrscheinlich benachrichtigt worden wenn es so gewesen wäre. An einem Freitagabend war Elias bei einem Kumpel zu Besuch, sie unterhielten sich und rauchten Shisha als sein Kumpel ihn fragte ob er wüsste wie lange sein Vater schon wieder in der Stadt sei. Elias war komplett schockiert,

„Wie er war in der Stadt? Hast du ihn gesehen?“

Er hatte ihn herumlaufen gesehen mehr aber auch nicht, Elias verstand das nicht er wollte bloß das sein Vater so weit weg wie möglich von ihm ist er hatte seinen Frieden mit der Sache geschlossen seitdem sein Vater verschwunden war. Sechs Monate später bekam Fabian einen Anruf aus dem Bezirkskrankenhaus, sie erzählten ihm das ihr Vater in der Klinik sei weil die Polizei ihn betrunken aufgegriffen hatte und er nun dort in Behandlung sei. Elias wusste nun endgültig das sein Vater wieder in seiner Nähe ist und das beunruhigte ihn, er hatte fast drei Jahre keinen Kontakt zu ihm und hatte ihn seitdem auch nicht mehr gesehen und das wollte er auch so beibehalten. Fabian hatte nun etwas regelmäßiger Kontakt zu ihrem Vater, er machte erneut ein Entzugskur und war mal wieder trockener Alkoholiker. Ihr Vater bekam einen Betreuer zugewiesen und musste einer Arbeit nachgehen und ein regelmäßiger Alkoholtest durch Haare oder Blut wurde ebenfalls durchgeführt. Sein Vater versuchte nicht ein einziges Mal Kontakt zu Elias aufzubauen und dementsprechend sah Elias das auch nicht für notwendig. Ein weiteres Jahr verging und es ist die Phase in der Elias bereits zum Islam konvertierte, er beschäftigte sich wieder mehr mit der Thematik seines Vaters, oft überlegte er ob er ihm eine letzte Chance geben sollte. Die Handynummer von seinem Vater hatte er bereits eingespeichert gehabt und das ein oder andere Mal hatte er bereits etwas eingetippt aber immer wieder hatte er die Nachricht gelöscht gehabt. Elias wartete auf ein Zeichen irgendetwas was ihm sagte jetzt ist der richtige Moment. Kleine Zeichen nahm Elias seit seiner Konvertierung zum Islam immer mehr wahr, es ist meist nur eine Kleinigkeit die passieren musste, oft war es auch nur ein Gespräch mit einem anderen Menschen das etwas in Elias bewirken konnte und oft bekommt er durch diese kleinen Zeichen eine Antwort auf seine Fragen. Seine Religion ist sehr darauf ausgelegt Menschen zu vergeben, wenn sie denn auch Reue zeigen, ebenso das man seinen Mitmenschen gegenüber barmherzig sein soll. Elias las eines Abends in seinen Büchern und da sah er ein Zitat stehen in dem steht,

„Du findest in Jannah (Himmel/Paradies) erst Frieden wenn du mit deiner Familie Frieden geschlossen hast."

Dieses Zitat brachte Elias zum Nachdenken und er beschloss Barmherzigkeit zu zeigen und seinem Vater zu vergeben, er schrieb eine Nachricht an ihn und nach kurzer Zeit bekam er auch eine Antwort, sie tauschten sich etwas aus und am darauffolgenden Wochenende würden sie sich sehen weil seine Oma die Mutter seines Vaters ihren Geburtstag feiert. Nun stand das erste Wiedersehen nach vier Jahren an und Elias war richtig aufgeregt er wusste nicht wie er selber reagieren würde oder wie sein Vater auf ihn reagieren würde. Tagelang zerbrach Elias sich den Kopf in dem Unwissen wie das Wiedersehen mit seinem Vater verlaufen würde. Über all die Jahre ist so vieles geschehen wovon sein Vater keine Ahnung hatte, da war die Nachnamensänderung, die Konvertierung zum islamischen Glauben, die schwere Krankheit, sein Vater verpasste so viel aus Elias Leben. Samstag, Fabian holte Elias ab und sie fuhren los, die sonst einstündige Fahrt die sie benötigten um zu ihrer Oma zu fahren würde an diesem Tag länger anhalten, sie mussten ihren Vater abholen und mitnehmen. Eine halbe Stunde fuhren sie bis in die nächste Stadt in der ihr Vater wohnte, Elias kannte die Stadt wie seine Westentasche immerhin hatte er zwei Jahre in der Stadt verbracht als er seine Ausbildung machte, die Wohnung seines Vaters lag Stadtzentral und Elias bemerkte in diesem Moment erst wie oft er bereits in der Nähe von dem aktuellen Wohnort seinen Vaters war. Ihr Vater ließ auf sich warten, nach zehn Minuten kam er aus dem Wohnhaus heraus, Elias sah seinen Vater das erste Mal nach vier Jahren wieder, im allererstes Moment war er etwas erschrocken als er seinen Vater sah, er war sehr alt und grau geworden und im Gesicht gezeichnet von seinen wilden Eskapaden die er scheinbar durchlebt hatte. Er stieg in das Auto und plötzlich war alles so anders, für Elias fühlte es sich merkwürdig an da war der Mensch der sein Vater war, die Erinnerungen zu fünfundneunzig Prozent nur negativ und trotz allem empfand er Liebe für seinen Vater. Die Autofahrt über war das Gespräch sehr eintönig, quasi wie ein vorsichtiges abtasten, sein Vater bemerkte sofort die vielen zahlreichen Tattoos auf Elias Körper und inspizierte ihn komplett, sein Vater war ebenfalls stark tätowiert. Ein komisches Gefühl das sein Vater Interesse an irgendetwas von Elias zeigte, die beiden wurden von Sekunde zu Sekunde vertrauter obwohl es eine absolute irrsinnige Situation ist wenn man seinen Vater komplett neu kennenlernt. Die Charakter von Elias und seinem Vater sind so unterschiedlich das man sich die Frage stellen könnte ob sie wirklich Vater und Sohn seien, wäre da nicht eine kleine gewisse Ähnlichkeit vom Aussehen. Was die beiden miteinander verbindet sind die Interessen, sie lieben Fußball und haben den gleichen Lieblingsverein, sie hörten die gleiche Musikrichtung und auch ähnliche Bands. Während der Fahrt zeigte der Vater von Fabian und Elias immer wieder das er doch ein guter Vater sein kann, er machte immer wieder mit seiner humorvollen Art Witze die alle drei zum Lachen brachte. Die Eigenschaft den Humor und die Art etwas als lustig zu empfinden hatten Fabian und Elias definitiv von ihrem Vater. Dieser Tag zeigte Elias das er doch noch einen richtigen Papa hat, er fühlte sich immer wohler bei seinem Papa und unterhielte sich fast pausenlos, in einem kurzen und stillen Moment erzählte Elias seinem Vater von seinen letzten vier prägenden Jahren, sein Vater war zu tiefst getroffen und den Tränen nahe, in diesem Moment bemerkte er wie wenig Vater er für seine Söhne in den letzten Jahren war und er sie im Stich gelassen hatte. Sie nahmen sich in den Arm und Elias sagte zu seinem Vater,

„Bitte verfalle nie wieder in deine alten Muster, denk immer an deine Söhne."

Sein Vater lag seine Hand auf die Schulter von Elias und antwortete,

„Du hast recht, ich möchte nie wieder so sein und ihr zwei seid mir viel wichtiger."

Die restliche Feier an diesem Tag war durchschnittlich, Elias freute sich auf seine Oma aber der Rest der Familie war einfach nicht zum Aushalten, diese doofen Leute die gefühlt hinter dem Mond lebten und noch nie was anderes gesehen haben außer ihr kleines Dörfchen, alles wurde mit der DDR verglichen und immer diese Nörgelei war immer wieder auf ein neues anstrengend und nervig. Immer wieder die gleichen trostlosen und leeren Gesichter, die gleichen dummen Fragen und dazu dieser Dialekt machte Elias innerlich zu einem Vulkan der jede Sekunde kurz vor dem Ausbrechen war, immerhin hat er eine gute Selbstbeherrschung. Seine Oma lebte nach dem Tod seines Opas ganz alleine in ihrem großen aber auch sehr alten Haus das von außen her ganz schön anzuschauen war, von innen bemerkte man, das dass Haus bereits fast einhundert Jahre alt war, schlecht bis gar nicht isoliert, im Haus ist es immer kalt und hatte vielleicht eine Temperatur von fünfzehn Grad wenn es ausreicht. Die Einrichtung sah aus als würde man ein Haus betreten das nach dem zweiten Weltkrieg erbaut wurde und eingerichtet worden war, schön war anders aber seine Oma würde voraussichtlich dieses Haus niemals verlassen, ihr Vater hatte es selbst erbaut. Das Highlight für Elias in diesem Haus war bereits auch nicht mehr vorhanden, ein paar Jahre nach dem Tod seines Opas hatte seine Oma das Büro ihres Mannes komplett entleert, alle Bücher von seinem Großvater wurden weggeschmissen und die Möbel wurde auch alle entfernt, die Seele von seinem Opa die in diesem Büro lebte war wie erloschen seitdem alles entfernt wurde, immer wieder macht Elias der Anblick traurig nie wieder das Büro seines Opas zu sehen in dem er so viele Stunden verbracht hatte und an der Schreibmaschine verschiedenste Geschichten abschrieb. An diesem Samstagnachmittag passierte nicht mehr viel, es wurde wie immer wenn sie bei ihrer Oma sind zu viel Kuchen und kleine Leckereien serviert die locker für das dreifache an Gästen ausgereicht hätte. Fabian, Elias und ihr Vater waren auch die ersten die früh am Abend die Heimreise antraten, immerhin hatten sie auch den längsten Weg vor sich und auf das Trauerspiel von seinen verschnarchten Onkeln, Tanten, Cousinen und Cousins hatte Elias auch wirklich keinen Bock mehr. Fabian und Elias lieferten ihren Vater wieder bei seiner Wohnung ab, sie beschlossen mal gemeinsam Essen gehen zu wollen. In der darauffolgenden Zeit, hatte Elias keinen täglichen Kontakt mit seinem Vater sondern sporadisch. Elias ging ab und zu mit seinem Vater zum Fußball und sie sahen sich gemeinsam ein Spiel an. Das Verhältnis war gut so wie es ist und die Situation war auch Okay, Elias ist bereits erwachsen und steht mit beiden Beinen im Leben und ist nicht mehr auf seinen Vater angewiesen wie er es gebraucht hätte als er noch kleiner war. Das schönste für Elias war es das er seinen Vater wieder in seinem Leben hat und dieser sich nicht wieder in seine alten Muster fallen lassen hat.

Kapitel 19
Wahrheit

Elias ist mittlerweile achtundvierzig Jahre alt, seine Erfahrungen und Lebensgeschichte hat ihn immer wieder stark beeinflusst und oft schaut er auf seine tragische Jugendzeit zurück. Sein Leben hat sich gefestigt, seine Religion ist fester Bestandteil seiner Religion durch die er auch eine wundervolle Frau kennengelernt und geheiratet hat. Zusammen haben sie zwei Kinder, einen Sohn und eine Tochter. Elias liebt seine Familie und hat sich zu einem tollen Vater entwickelt, mit großer Behutsamkeit hat er zusammen mit seiner Frau seine Kinder großgezogen. Seine Frau kommt aus dem Iran und lebt seit ihrem zehnten

Lebensjahr in Deutschland, kennengelernt haben sie sich im Alter von sechsundzwanzig Jahren in der Moschee. Elias arbeitet in einer Förderschule und betreut immer ein einzelnes Kind, seit mehr als fünfzehn Jahren arbeitet er bereits in der Schule und hatte in seiner Dienstzeit schon viele Kinder an seiner Seite gehabt die auch die unterschiedlichsten Behinderungen hatten, er liebt seine Arbeit und freut sich jeden Tag wenn er wieder bei den Kids in der Klasse sein kann. Sein großer Bruder Fabian ist bereits einmal geschieden und hat ein gemeinsames Kind mit seiner Exfrau, seinen Sohn sieht er mittlerweile nicht mehr so häufig nach der Scheidung hatten sie eine Gerichtliche Vereinbarung das sein Sohn jedes zweite Wochenende bei ihm verbringen darf, je älter sein Sohn wurde desto weniger wurden die Besuche (Déjà-vu). Fabian lebt alleine in einer kleinen mickrigen Wohnung in der keine Ordnung herrscht umgeben von leeren Bierflaschen und Wäsche die in jeder Ecker der Wohnung verteilt liegt. Den Kontakt zu seinem Bruder hat Elias eingestellt da war er einunddreißig Jahre alt. Fabian akzeptierte nie die Entscheidung von seinem kleinen Bruder das er zum Islam konvertierte und das er eine muslimische Frau heiratete, Elias war davon mehr als enttäuscht und sah es als besten Weg für sich und seine Familie seinen Bruder nicht mehr aktiv sehen zu wollen. Elias Mutter ist vierundsiebzig Jahre alt, sie hat bis zu ihrer Rente hart gearbeitet in einem Krankenhaus als Pflegehelferin, sie und Elias pflegen das beste Verhältnis das man zu seinem Sohn haben kann, sie freut sich über ihre Enkelkinder und ist stolze Oma. Seine Mutter lebt immer noch in der gleichen Wohnung in der

Elias aufgewachsen ist, in den Jahren hat sich immer wieder viel verändert und es war auch schon lange nicht mehr das Zuhause das Elias noch aus seiner Kindheit kannte. Elias restliche Großeltern sind bereits verstorben und das alte Haus seiner Oma wurde an seinen Vater weitervererbt der es dann verkaufte, alle Kindheitserinnerungen an das tolle Büro von seinem Opa waren für immer weg. Seine Schwester hat Elias seit mehreren Jahrzehnten nicht mehr gesehen und er weiß auch gar nicht wo sie aktuell lebt und was sie macht, sie fing irgendwann an seine Nachrichten zu ignorieren und Elias versuchte eines Tages nicht mehr mit ihr Kontakt aufzunehmen. Der Vater von Elias starb im Alter von einundsiebzig Jahren an den Folgen seines starken Alkoholkonsums wovon sein Körper sich nie richtig erholen konnte, der Kontakt zwischen seinem Vater und ihm war sporadisch gewesen immer wieder haben sie sich mal getroffen und haben auch hin und wieder miteinander telefoniert. Der Tot seines Vaters hat ihn dennoch sehr mitgenommen und zu tiefst traurig gemacht. Elias veranlasste die Beisetzung seines Vaters in dem Ort in dem seine Großeltern beerdigt sind damit sein Vater mit seinen Eltern in Ruhe Frieden finden kann. Elias Kinder sind mittlerweile einundzwanzig und neunzehn Jahre alt, sein Sohn macht eine Ausbildung zum KFZ Mechatroniker und seine Tochter steht kurz vor dem Abitur, er ist sehr stolz und froh darüber das auch seine Kinder so religiös sind und ihren Glauben ausleben und sie jeden Tag zusammen als Familie beten. Es ist Freitag, der heiligste Tag in der Woche im Islam. Elias und seine Familie stehen früh auf und bereiten sich vor für das gemeinsame Gebet. Elias macht als Vater meistens den Vorbeter, nach zehn Minuten sind sie fertig und gemeinsam setzen sie sich an den Frühstückstisch und Essen zusammen. Nach dem Frühstück macht sich jeder bereit für die Arbeit oder für die Schule. Freitag ist immer der kürzeste Arbeitstag für Elias, Schulschluss ist bereits um 12:05 Uhr. Zuhause macht er meist häusliche Arbeiten wie Kochen, Aufräumen oder Putzen. Am Nachmittag trudeln nach und nach die anderen Familienmitglieder Zuhause ein, als erstes kam seine Tochter, dann seine Frau und am späten Nachmittag sein Sohn. Am Freitagabend gingen sie alle gemeinsam in die Moschee zum Gebet, danach gab es Abendessen und dann haben sie sich einen Film angeschaut. Elias und seine Frau gingen zu Bett und schliefen.

Plötzlich wacht Elias Nachts um 2:46 Uhr schweißgebadet auf, kerzengerade sitzt er in seinem Bett vor lauter Schreck und hechelt förmlich nach Luft, mit seiner rechten Hand tastete er nach seiner Frau und bemerkte das niemand neben ihm lag. Er trapste durch das Zimmer zum Lichtschalter, nach kurzem Abtasten an der Wand fand er den Lichtschalter und betätigte ihn, Elias sah sich um und war vollkommen schockiert sodass er keinen Ton aus seinem Mund bekam, sein Mund war auf einmal ganz trocken geworden und eine leichte Angst überkam ihm. Er reibt sich die Augen frei und traute seinen Augen nicht, Elias war wieder in seinem alten Kinderzimmer. Das musste alles ein Traum gewesen sein aber alles fühlte sich so real an, Elias ist total überfordert und kann es nicht glauben das alles nur ein Traum war. Einen Moment lang überlegte er sogar ob er genau in diesem Moment träumen würde, aber nein das jetzt fühlte sich mehr als real an. Vorsichtig öffnete er seine Zimmertür und ging auf den Flur hinaus und auch die Wohnung war genauso wie es in seiner Kindheit war. Schleichend ging er durch die Wohnung und alles war so wie immer. Zurück in seinem Zimmer sah er sich um und auch seine Schultasche liegt genau in dem Eck in die er sie immer nach der Schule hinschmiss, er ging auf die Schultasche zu und öffnete sie, er nahm seine Schulhefte heraus und tatsächlich er war wieder im Jahr 2015. Ihm fiel auf das er noch gar nicht sein Aussehen überprüfte und sprang hektisch zu dem nächsten Spiegel und da war der nächste Schock, er sah wieder in sein vierzehnjähriges Gesicht und war nun komplett am Ende mit den Nerven. Keine Art der Beruhigung klappte, er setzte sich zurück in sein Bett und hoffte das alles nur ein Traum ist, aber in dieser Nacht bekam er kein Auge mehr zu. 6:30 der Wecker klingelt, Elias lag die restliche Nacht wach und starrte in seinem dunklen Zimmer an die Decke. Er zog sich eine Hose und ein T-Shirt an und ging vorsichtig in Richtung Küche und sah bereits das dort Licht brannte, er war gespannt darauf ob er gleich seine Mutter sehen würde und ob sie nun auch wieder jünger ist. Langsam ging er um die Ecke und da sah er sie, seine wunderschöne Mutter, wieder vierzig Jahre jung. Er bekam keinen Ton heraus, seine Mutter begrüßte ihn,

„Guten Morgen mein Schatz, hast du gut geschlafen?"

Elias antwortete,

„Ähm, ich glaube eindeutig viel zu gut…"

Er ging wieder zurück in sein Zimmer und setzt sich auf sein Bett, die Hände über seinen Kopf geschlagen und immer wieder sagt er.

„Das kann alles nicht wahr sein, das ist nicht die Realität, was ist nur passiert."

Seine Mutter kam in sein Zimmer und erinnerte ihn das er sich für die Schule fertig machen muss, vorher hatte er gar nicht daran gedacht und ihm sprangen fast die Augen aus dem Kopf und seine Kinnlade fiel fast auf den Boden.

(In die Schule???) dachte sich Elias.

Elias fühlte sich als wäre er bereits seit dreißig Jahren nicht mehr in der Schule gewesen, er machte sich fertig für die Schule, er nahm seine Schultasche aus dem Eck in die er sie immer hinschmiss und lief wie aus seiner Kindheit gewohnt zum Bus und alles war so wie damals.

Im Bus überlegte Elias, er hatte nie das Jahr 2015 verlassen sondern hatte alles andere nur geträumt, aber es fühlte sich alles so real an und diese vierunddreißig Jahre das kann kein Traum gewesen sein. Er überlegt weiter, vielleicht hat er seine Zukunft gesehen? Egal was es war, Elias ist wieder vierzehn Jahre alt und befindet sich im Jahr 2015.

Ende